U0112112

大展好書 好書大展

精選系列 12

中美大決戰

檜山良昭/著
劉小惠/譯

大展出版社有限公司
DAH-JAAN PUBLISHING CO., LTD.

俄羅斯
黑龍江省
瀋陽
吉林省
內蒙自治區
瀋陽
遼寧省
北朝鮮
北京
天津
河北省
山西省
濟南
韓國
青島
山東省
北海艦隊
日本
陝西省
河南省
江蘇省
安徽省
南京
上海
湖北省
重慶
武漢
寧波
浙江省
東海艦隊
貴州省
湖南省
江西省
福建省
廣西壯族自治區
廣東省
台灣
廣州
澳門
香港
湛江
海南島
南海艦隊

哈薩克
蒙古
吉爾吉斯
新疆維吾爾自治區
寧夏
回族
自治區
蘭州
青海省
甘
肅
省
西藏自治區
尼泊爾
成都
四川省
印度
布丹
阿薩姆
都　市
海軍司令部
境界線
國　境
軍區境界
省軍區境界
0
500km
雲南省
緬甸
越南
寮國

組織、指揮系統圖

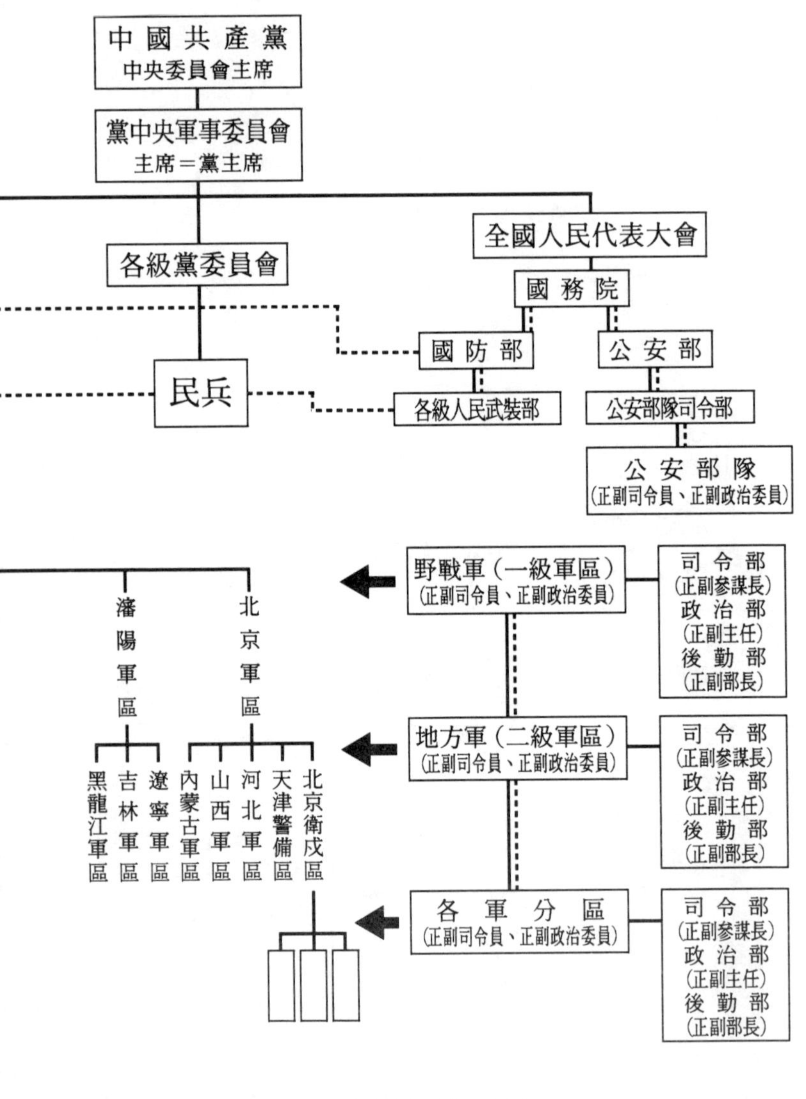
中國共產黨
中央委員會主席
黨中央軍事委員會
主席＝黨主席
全國人民代表大會
各級黨委員會
國務院
國防部
公安部
民兵
各級人民武裝部
公安部隊司令部
公安部隊
（正副司令員、正副政治委員）
野戰軍（一級軍區）
（正副司令員、正副政治委員）
司令部
（正副參謀長）
政治部
（正副主任）
後勤部
（正副部長）
瀋陽軍區
北京軍區
地方軍（二級軍區）
（正副司令員、正副政治委員）
黑龍江軍區
吉林軍區
遼寧軍區
內蒙古軍區
山西軍區
河北軍區
天津警備區
北京衛戍區
各軍分區
（正副司令員、正副政治委員）

中國人民解放軍

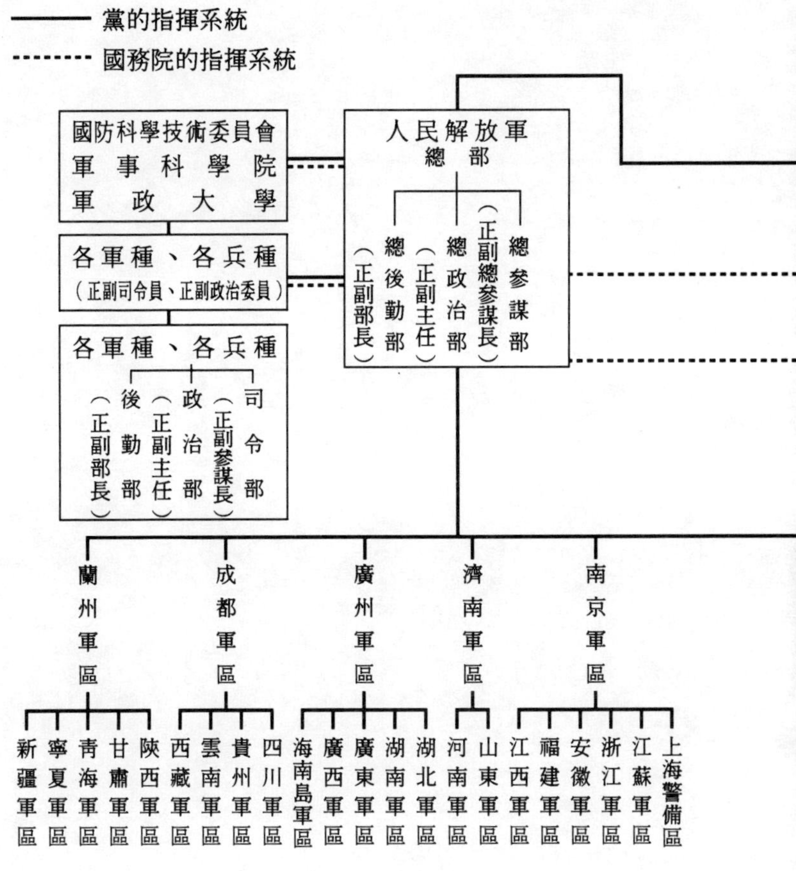
黨的指揮系統
國務院的指揮系統
國防科學技術委員會
軍事科學院
軍政大學
各軍種、各兵種
(正副司令員、正副政治委員)
各軍種、各兵種
司令部(正副參謀長)
政治部(正副主任)
後勤部(正副部長)
人民解放軍總部
總參謀部(正副總參謀長)
總政治部(正副主任)
總後勤部(正副部長)
蘭州軍區
成都軍區
廣州軍區
濟南軍區
南京軍區
新疆軍區
寧夏軍區
青海軍區
甘肅軍區
陝西軍區
西藏軍區
雲南軍區
貴州軍區
四川軍區
海南島軍區
廣西軍區
廣東軍區
湖南軍區
湖北軍區
河南軍區
山東軍區
江西軍區
福建軍區
安徽軍區
浙江軍區
江蘇軍區
上海警備區

（1）八月十四日晚上八時
中央情報局北京支局發給中央情報局第三局的緊急報告

緊急　極秘
受文者　A／Ⅲ
NO・43753B32

「在北京，鄧小平病情嚴重，數日前黨指導部中展開了激烈的權力鬥爭。國家主席江澤民和副總理朱鎔基等人被軍方逮捕，也有人說逃到上海。

我們一直收集有關二人行蹤的情報，不過目前無法掌握消息。

這次的權力鬥爭，據說由老年的楊尚昆控制。根據情報顯示，北京軍區在他的影響下，屬於改革開放派的黨中央委員李江炎說，中國共產黨的政治局，已經由楊尚昆所領導的黨中央軍事委掌握大局。

北京市內還很平靜，由於進行嚴格的情報管理，因此，市民還不知道鄧小平已經陷入危篤狀態，也不知道已展開權力鬥爭。

楊尚昆等保守派爆發宮廷革命的背後因素，在於經濟發展中受害的農民和都市貧民層的不滿。尤其最近四川省和陝西省的農民暴動的危機感為其背景。這些農民暴動不但沒有沈靜化，反而不斷擴大。根據情報顯示，楊尚昆一派昨天在四川省廣安與農民暴動的領導者密談。

我們必須趕緊支持改革開放派的方法，否則中國可能會陷入大混亂中。」

八月十七日下午三時

華盛頓西郊的達拉斯國際機場下著小雨，煙霧瀰漫。巨大的協和機留下轟隆的巨響飛上灰色的天際。

（每次我來到這個機場都是下雨或下雪，從來沒有一次遇到晴天）

通過海關的邁爾茲・克龐德喃喃自語地這麽說著，加快腳步走出航站大廈。他是從香港經東京、曼谷，飛抵達拉斯國際機場。他戴著太陽眼鏡，右手拿著手提公事包，是一位留著紅髮的白人。頭頂的頭髮已經開始稀疏了，身高一百九十二公分，身材壯碩。

邁爾茲・克龐德來到計程車招呼站，鑽入計程車中。

「到CIA總部。」

當克龐德這麼說時，中年黑人計程車司機突然精神緊繃。

「老兄，你是說真的嗎？」

司機回頭問他。

「是呀！快走吧！」

在機場攔到的計程車，載著他急馳而去。

克龐德靠在椅背上。

（這時CIA總部把我叫回來，到底有什麼打算？難道中國現在發生了大事嗎？）

他被CIA總部召回而感到非常生氣。收到電報是在剛吃完早餐後的事情。本來他為了搜集情報正打算前往香港總督府呢！

由CIA副局長愛德華‧艾布休坦署名的命令書上，指示他趕緊回CIA總部。

計程車沿著波多馬克河奔馳在喬治‧華盛頓紀念公園路上，一路北上。

鑽過法蘭西斯‧斯克特基橋下時，維吉尼亞州的廣大田園映入眼簾。

爬上緩和的坡道到達台地，在後方可以看到隔著波多馬克河的華盛頓。

計程車進入維吉尼亞州內陸，沿著「CIA總部」的路標前進。

不久後，看到背面是一片蒼鬱森林，周圍是高大圍籬的CIA總部建築物。

克龐德才剛過了三十七歲生日，六年前和妻子離婚，二個孩子由妻子撫養。

他二十八歲以前在陸軍諜報部工作，離開陸軍時是上尉階級，後來被在ＣＩＡ服務的昔日長官邀請進入ＣＩＡ。

工作於陸軍諜報部時，負責在台灣及香港、東京處理對中國的工作，在ＣＩＡ主要也是處理對中國的工作。

他表面上在香港經營一家貿易公司，但實際上這是個幽靈公司。

他讓計程車停在ＣＩＡ總部前的巨大停車場。

「你真的是ＣＩＡ的職員嗎？」

計程車司機難以置信地問他。

「你頭一次見到ＣＩＡ職員嗎？」

「是呀。我開了十二年的計程車，頭一次載到ＣＩＡ職員。」

這位黑人司機好像把克龐德看成外國人似的。

「我們只是普通人，不是外星人。多少錢？」

「二百八十八美元。」

「不用找了。」

克龐德從皮包中抽出三百元交給對方。

二名警衛帶著壯碩德國牧羊犬，在圍籬外側巡邏。

一輛凱迪拉克從旁經過，朝著總部正門駛去。

克龐德在一片霧雨中，右手拿著手提公事包，朝著總部正門慢慢走去。

不喜歡CIA總部的官僚機構，因此向副局長愛德華・艾布休坦提出調職的請求是一年半以前的事情了。每天坐在辦公桌前覺得非常地疲倦、厭煩，想要呼吸戶外的空氣。

於是艾布休坦建議他前往香港。

香港將來會是極東的火種，當然也是波濤洶湧之處。他很高興地前往香港。

他走到正門前，從上衣的內側口袋中取出ID徽章交給警衛。

ID徽章應該要戴在身上，但是他從來不將其別在上衣的衣領上，因為如果別在衣領上，他國的情報員立刻會認出他是CIA的職員。

徽章的邊緣是鋸齒狀的，警衛將其插入紅色的卡片中，以確定是否為真品。

通過正門的警衛室，走向計畫總部所在的B棟大樓。

在此接受同樣的檢查，終於到達副局長愛德華・艾布休坦的辦公室。

在秘書的代領下，克龐德進入房間，艾布休坦這時正坐在電腦前，敲打著鍵盤。

看到克龐德進來，艾布休坦停下工作，從椅子上站了起來，大跨步地走向克龐德。

「呀，邁爾茲，你這麼早就來了呀，我以為你明天才會到呢！」

伸出右手與對方握手，艾布休坦充滿活力地說道。

「你在電報上寫著『急件』。我接到電報後一小時就搭上飛機了。」

克龐德握住艾布休坦長滿金色毛的右手。

「坐吧！我叫莫頓來。」

艾布休坦讓克龐德坐在沙發上。走回辦公桌前拿起內線電話召喚工作總部長莫頓•哈爾培林。

「邁爾茲剛從香港回來。現在在我的辦公室，你也過來一下。東西不要忘了帶。」

艾布休坦說完掛上電話，面對克龐德坐下。

「你可以猜到我為什麼叫你回來嗎？」

艾布休坦一邊看著褲子的褶痕，一邊問克龐德。

「是不是鄧小平生病的事呀？」

「嗯。香港的情形如何？」

「關於鄧小平生病的事情在報章雜誌報導過。不過香港的市民非常平靜。因為同樣的報導過去曾出現好幾次，每次都被騙了，所以香港市民總是半信半疑。」

「這次沒錯了。根據我們得到的情報。鄧小平大概幾天後就會死去。北京似乎已經展開大老鄧小平的權力鬥爭。連總統都擔心這件事了。」

邁爾茲・克龐德和愛德華・艾布休坦正談論著中國情勢，這時工作總部長莫頓・哈爾培林帶著二名人員出現了。

邁爾茲站了起來，三人互相握手。

「邁爾茲，你到香港後發胖囉！是不是因為工作偷懶，每天遊玩呀！」

莫頓・哈爾培林嘲弄他。

他的身高只有一百六十公分，所有CIA的職員都叫他「矮子莫頓」。

「沒這回事。最近中國秘密工作員的數目增加為一年前的二倍，活動頻繁。甚至我也受到監視和跟蹤。想要避開他們的監視行動還真不容易呢！哪有空去玩。」

克龐德慌忙地否認。

這並非謊言。為了準備一九九七年七月一日香港回歸中國，中國已經將大批的秘密工作人員送往香港。他們調查民主派的活動家，也搜集香港總督府對於香港政策的情報，並監視西方的情報機構。

克龐德經常受到監視和跟蹤。

「坐吧！」

艾布休坦說道。

他們以愛德華・艾布休坦為中心圍坐在一起。

「約翰，你把東西攤開來吧！」

莫頓・哈爾培林命令部下中之一人。

名叫約翰的職員打開大信封口，將其中的東西攤在中央的桌子上。

那是由KH—11偵察衛星由空中拍攝的照片。

「這是國防情報局送來的鄧小平自宅的照片。位於故宮西南側的中南海中。」

莫頓・哈爾培林看著照片，同時對克龐德說明居住的情況。

「這是中南海地區的正門。側面的建築物就是衛兵室，停車場在這裡。這裡是鄧小平居住的宅邸。在距離不遠處是人民解放軍的診療所，負責管理鄧小平的健康。這張照片是前天下午三點拍攝到的。鄧小平自宅周邊這一週來沒什麼變化。可能為了掩飾其病重的真相，所以可能是藉由地下通道將其由自宅送往醫院。」

他將下方的圖片放到上方說道：

「問題就是這張照片，可以看到人民解放軍的新動態。」

哈爾培林邊說邊用粗大的手指指著照片。

「這張照片是駐紮在北京東北部沙河鎮的第二十三軍司令部。這是司令部的建築物，這裡是軍營。而這個設施是戰車的收藏設施及修理場。這裡是燃料貯藏庫。你看，這兒拍攝到的是戰車和戰鬥車輛。這張照片是昨天早上拍攝的。就在今天早上七點，從上空拍攝到的第二十三軍司令部的戰鬥車輛消失了。也就是說，昨天晚上戰鬥車輛移往他處了。可能是在北京市內吧！此外，韓國奧山（OSAN）基地的NSA（國家安全保護局）的通信接收部隊也接收到可能是由這些戰鬥車輛所發出的電波。位置是在北京市西北郊外。第二十三軍司令員張兩基中將，據說是屬於楊尚昆的派系，屬於保守派的軍人。他率領的戰鬥部隊可能出動到北京郊外了。」

「目標是哪裡呢？」

克龐德看著照片問道。

「可能是為了防範反對新領導部的暴動或示威吧。楊尚昆等新的領導部打算在鄧小平死之前掌握先機，得到權力。這些人想遏止經濟開放路線，回頭走社會主義經濟的老路。不能坐視內陸的農村地帶擴大中的激烈農村暴動。」

莫頓・哈爾培林用食指敲著照片對邁爾茲・克龐德說明。

「北京的情勢的確非比尋常，但是和我又有什麼關係呢？」

（北京發生的事情應該由北京的美國大使館和北京支局負責。和在香港支持民主派運動的我應該沒有關係啊？）

克龐德覺得奇怪地問道。

「邁爾茲，鄧小平死後如果保守派掌權，你想會發生什麼事態呢？保守派打算回到毛澤東時代的計畫經濟時代。對於西方諸國可能會採取強硬的外交政策。當然也可能會鎮壓加以反對的民主派。保守派如果能掌握中國全土還不要緊，否則就會出現大量逃亡者和經濟難民。到時候就不只是中國的問題了，數百萬逃亡者和難民就會逃往新加坡、台灣、香港、韓國或日本，這些地區可就遭殃了。」

副局長艾布休坦代替哈爾培林向克龐德說明。

「當然，我也知道情勢非常危急。可是你把我從香港召回的理由是什麼呢？」

克龐德問道。

「十四日晚上召開國家安全保護會議，總統決定實行帕爾巴克行動。想要由你來進行。」

「帕爾巴克行動？你是說帕爾巴克嗎？」

克龐德聽了帕爾巴克笑了起來。

帕爾巴克是以中國為舞台的『大地』小說一書的美國女作家的名字。

「國務院亞洲局長賈克泰勒命名這次的行動，看起來不太像作戰名。我聽長官這麼說時也捧腹大笑呢！」

愛德華・艾布休坦嘴角露出苦笑。

帕爾巴克行動這個行動暗號，其內容並不是由CIA工作本部立案，而是由國務院亞洲局做成的。CIA只是負責執行任務而已。

「那麼，請說明帕爾巴克行動的內容吧！」

邁爾茲•克龐德打開手提公事包，取出手冊來記錄談話的要點。

（2）香港左派系報紙「新晚報」的報導

「十六日下午，無視於四川省公安局的禁止命令，在四川省廣安聚集了四川省、湖北省、陝西省的農民運動的代表。召開第一屆農民同盟總評會議。有四百五十名代議員出席。議長是前四川省黨書記兼農業委員章宗林。

章宗林現年三十二歲，去年五月被解除四川省黨書記的任務後，在南充組織農民，要求回歸毛澤東路線，提倡過激的革命路線。他批評改革開放路線是將中國帶往資本主義階段制度路線，在農民間急速地聚集支持者。這個運動也吸引了四川省、湖北省、陝西省的人民解放軍加入。

章宗林被選為議長。農民暴動呈現朝著四川省、湖北省、陝西省擴大之趨勢。但是，北京中央政府對此卻保持沈默。」

八月十七日下午五時

前夜開始下著大雨。雨刷不斷地抹去拍打在前車窗上的雨，大雨使得視線不良。

駐守沙河鎮的第二十三軍作戰參謀陸永定上校坐在後座，好像很不平靜似地坐立不安。

「不能再開快一點嗎？」

他對駕駛兵怒吼。

「再開快可就危險了。」

駕駛兵瞪著前方，沒好氣地回答著。

迎面開來的卡車輾過路上的水塘，濺起了一大堆水花，使得陸永定上校的座車濺滿了泥水。

前車窗及側車窗玻璃全都是茶褐色的雨水。

「可惡！」

駕駛兵在喉嚨深處抱怨著。

陸永定上校看著手錶，現在是下午五點。距先前確定的時間已經過了三十分鐘。

這已經是他第四次看手錶了。

現在駐守在沙河鎮的第二十三軍司令部一定發現到他不在而引起了騷動。

第二十三軍司令員張中將判斷他可能逃走，一定會下令搜索。

他在當天早上聽張中將對他說明政變計畫後，就偷偷地離開司令部直奔張家口。位於北京西北的張家口有第四戰車軍駐紮。軍司令員陸繼堯中將是他的叔父。

這是與鄧小平人脈有關的軍人，所以一定會反對張中將的政變。一定要通知叔父這個政變計畫，請叔父加以阻止。

陸永定上校乘坐的軍車在下午六時通過張家口南邊的宣化街，並沒有受到盤查。

「燃料所剩不多了，可能沒有辦法到達張家口，要不要到市內加油呢？」

駕駛兵看著燃料表詢問著。

「沒辦法，找個加油站加油吧！我來付錢。」

但是，一直找不到加油站。駕駛兵在路上左彎右拐的找加油站，最後停在路邊，尋問路人加油站的位置。

結果知道在距離一・五公里遠的地方有加油站。

陸永定上校鬆了一口氣，要駕駛兵趕緊前往加油站。

終於到達加油站了，看到「加油站」的看板。

駕駛兵請走過來的人員加滿汽油，並報告要去小便就離開了駕駛座。

加完油，付完錢後駕駛兵還沒有回來。

陸上校請加油站人員到廁所去找到廁所小便的駕駛兵。

駕駛兵已去了十分鐘，雖說是去小便，也許是去大便吧！

不久後，加油站人員回到車旁。

「沒看到他，不在廁所裡！」

中國的廁所和美國的公共廁所一樣，只要在外側蹲下就可以看到裡面的情形。這是因為如果採用密閉式的，裡面到底發生了什麼事外面並不清楚，因此非常危險，才有這樣的設計。

陸永定上校此時還沒有想到駕駛兵逃走了。

（也許他遇到什麼麻煩。）

於是他從後座下來，走向廁所。

他站在入口看裡面的情形。不管在小便處和大便處都沒有看到人影。

他叫著駕駛兵。

這時其他的加油站人員走了過來。

「他先前穿過街道，跑到後面去了。」

他這麼說道。

（逃走了！）

這時他才察覺駕駛兵逃走了。

「混蛋！」

他在口中罵著。

駕駛兵一定是害怕逃亡而逃走了。

自己不會開車，該怎麼辦才能到張家口呢？

沒辦法，他只好看著年輕的加油站人員。

「你會開車嗎？」

「會呀！先生。」

「我想去張家口，我會付給你錢，你願意開車送我前往嗎？」

「要給我多少錢？」

「五百元，你覺得怎麼樣？」

五百元是這個男子半個月的薪水。陸上校願意支付這筆龐大的費用。

「不給我六百元我就不去！」

「獅子大開口！」

上校氣得大罵對方。

「吃草拉糞！」

男子也回罵他，並打算離開。

上校抓住他的手臂。

「好啦，就給你六百元。這是訂金，剩下的到張家口再付給你。」

陸上校從軍服的內側口袋取出皮包，抽出三張百元鈔票交給那男子。

沿路仍然下著滂沱大雨，由加油站的人員開車送他前往張家口。

到了晚上八點後，才到達張家口的第四戰車軍司令部。

張家口位於北京西北二百公里處。是萬里長城的大門，自古以來就是北京的防衛要衝。在中、俄對立激烈的時代，第四戰車軍就駐守在張家口西南，以防止俄國軍戰車部隊的攻擊。這兒有四個師團的步兵駐守。

俄國瓦解、威脅減弱後，此地只留下第四戰車軍。

他對朝著駕駛座走來的衛兵說道：

「我是二十三軍的陸上校。讓我通過。」

說著讓對方看自己的軍籍證明。

「你要見誰呢？」

「軍司令員陸繼堯中將。趕緊去聯絡他，我有急事。」

衛兵跑回守衛站，開始用電話聯絡。

不久後又跑回車邊。

「請通過。」

告訴上校准許他通過。

陸永定上校告訴加油站人員到軍司令部某棟建築物的走法，讓車停在玄關前。

「謝謝你，你在這裡等一下，我派人送你前往車站。」

「把剩下的費用給我呀！」

「剩下三百元是送你回去的運費。或是你要拿這三百元自己走路回去呢？」

「不要臉！」

「不要臉的是你！」

上校將加油站員工留在車上，自己頂著大雨跑回玄關。

過去曾到過第四戰車軍司令部好幾次，因此非常熟悉建築物的內部。

上校趕緊跑向二樓的軍司令官室。

進入司令官室隔壁的副官室。當班的副官正在看電視。

上校進入時，對方嚇了一跳站了起來。

「我是第二十三軍司令部的陸永定上校。先前衛兵應該與你們聯絡過了。我想見軍司令陸繼堯中將。事情緊急，我要趕緊見他。」

副官中尉慌忙敬禮，趕緊打電話。

召喚住在基地內官舍的陸繼堯中將。

「一位第二十三軍司令部的陸永定上校想要見同志司令員。」

掛上電話後，中尉回頭說道：

「他三十分鐘後過來，請您在接待室等待。」

上尉告訴對方。

陸永定上校通過走廊，進入對面的接待室。

中尉端茶過來。

雖說三十分鐘，但是過了二十分鐘後，他的叔父陸繼堯中將穿著軍服出現了。

陸永定上校站起來向叔父敬禮。因為在軍隊中，所以雖然是叔姪關係，仍需遵守軍階禮儀。

陸繼堯中將先問他：

「上校，事前並沒有聯絡，突然到這兒來到底有什麼事呀？」

「報告長官，第二十三軍的張軍司令準備發動政變。第二十三軍的一部分已經開到北京郊外，其他的部隊也準備移動了。第二十三軍準備在鄧小平同志死後，以警備北京治安為名，進攻北京，佔據政府及黨、軍和廣播局、新聞社等建築物。」

「你說『鄧小平同志死去後』？難道鄧小平同志的健康狀態真的這麼差嗎？」

「不知道。不過我只是從第二十三軍的張軍司令那兒聽到這個計畫而已。」

「那麼，背後的主使者是不是楊尙昆同志呢？」

第二十三軍的軍司令張兩基中將，在楊尙昆擔任人民解放軍將官時，是他的部下。只要是人民解放軍的幹部都知道，張中將是楊尙昆一派提拔進入他的派系中的。

人民解放軍幹部會因出生地或首領、部下的關係而結合在一起，第二十三車司令張中將屬於楊尙昆的派系，而陸中將則是鄧小平的派系。人民解放軍的將校們都知道其將官屬於哪一派系。而陸永定上校屬於叔父陸中將的派系。

因此，陸繼堯中將立刻就看穿張兩基中將政變的背後是由楊尙昆所控制的。

「可能是吧！這個計劃可能人民解放軍總參謀部也了解吧！該怎麼辦才好？」

陸永定上校只知道將政變的消息告訴叔父，卻不知道接下來該怎麼辦。

當然考慮明哲保身的問題，依附勝利的一方才是上策，可是國家的命運和自己的將來也很重要。

陸繼堯中將點燃香煙，稍微想了想站了起來。

「好，我想問一問許元洪少將關於總參謀部的動靜。他是我長年的朋友，他一定會告訴我實話。」

陸繼堯中將走出接待室，穿過走廊來到副官室。

想知道談話的結果，於是陸永定上校也跟在中將的身後。

中將吩咐副官中尉，命他以電話聯絡人民解放軍參謀部的補給部長許元洪少將。

中尉撥了人民解放軍參謀部交換台的電話號碼，請求補給部長許元洪少將接聽電話。

「許少將回家了。」

不久後副官中尉向陸繼堯中將報告。

「那麼，問一下他家的電話號碼。」

在陸中將的命令下，中尉又去查許元洪少將自宅的電話號碼。

過了五分鐘問出電話號碼。

陸繼堯中將自己撥電話。

「我是第四戰車軍司令陸繼堯中將，請問主人在家嗎？」

他詢問郭少將的家人。

接聽電話的人可能是郭少將的女兒。

「父親還沒有回來。」

「喔！他回來後請你告訴他我打電話給他。我是駐屯在張家口的第四戰車軍司令部的陸繼堯中將，電話號碼是……」

陸中將告訴她司令部的代表號碼。

切上電話後，他思索著。

「許少將還沒有回家，真是奇怪。許少將不像是會在歸途中繞到別處而不回家的軍人。我再打電話到總參謀部。」

陸中將撥北京的人民解放軍總參謀部的代表號碼。

向接電話的總機報上自己的頭銜和姓名，希望他能聯絡總參謀長或代理總參謀長。

結果由總參謀部的當班參謀接電話。

「我是陳教仁少校。有什麼事嗎？」

「我想找總參謀長官，或代理總參謀長長官。」

「二人都回家了，有什麼事嗎？」

「聽說第二十三軍準備發動政變，這是真的嗎？」

「政變？怎麼可能呢？沒接到這樣的情報，一定是聽錯了。」

「聽說鄧小平同志生病了，這又是怎麼回事？」

「沒接到這樣的情報。」

「北京市內的情形如何？」

「很平靜。和平常一樣。」

「好了，我知道了。如果有什麼不穩定的動態，請與我聯絡。第四戰車軍隨時都可以出動。」

陸中將告訴對方後掛斷了電話。

然後對著不安地站在背後的陸永定上校說：

「總參謀長和代理總參謀長似乎都回家了。你認為總參謀部會加入政變，你是不是想太多了呢？」

詢問對方。

「不。中將你也應該知道張軍司令員的性格。他絕對不會獨斷獨行發動政變，他一定是接受上級的命令才展現行動的人。」

陸中將稍微想了想說道：

「張中將的確是這樣的人，我知道了。現在我就派人到北京偵察。並下令第四戰車軍進行非常備戰，隨時都能行動。」

（3）中國中央電視台八月二十日下午六時的新聞

「本日正午鄧小平先生訪問北京郊外苑平的某家食品加工廠。利用電腦控制及導入機械化，進行火腿、香腸及畜產加工品的生產與加工，過去三年來生產量增加了五倍。

接受廠長等幹部出迎的鄧小平先生，在工廠內視察二小時後，在工廠內的餐廳試吃這兒生產的產品，並拍攝照片留念。

廠長黃興說：

「看到鄧小平先生很健康的樣子，令我感到非常高興。他能來我們的工廠參觀，使我們倍感光榮。從業員們也覺得是我們的驕傲。相信來年度的生產能擴大百分之二十。我們的工廠代表苑平工廠的成長。這也是得到鄧小平先生所施行的改革開放政策之賜，希望鄧小平先生能長壽。」

八月二十日晚上九時

以北京日壇公園為中心的一角，有各國的大公使館聚集在此。美國大使館在日壇公園西側，面對光貨路。CIA北京分局在大使館內的宅地內，是距離大使館較遠的別棟內。

邁爾茲・克龐德從華盛頓回香港之前，來到CIA北京分局。想向分局長亞雷克斯・路易斯打聽北京的情形。

「將錄影帶倒回去再看一次。」

亞雷克斯・路易斯命令部下。

倒回錄影的電視台消息，再播放一次。鄧小平在食品加工廠的從業員鼓掌歡迎之下正走下車子。

「好，停在這兒。」

亞雷克斯・路易斯讓畫面暫時停止。

走向螢幕附近透過老花眼鏡看著螢幕。

「把鄧小平的臉抬起來。」

他對操作員說道。

操作員將鄧小平的臉放大。十七英吋的螢幕上全都是鄧小平的臉。路易斯仔細地觀察他的臉。

「畫像模糊、不清楚，亮度再調亮一點。」

這一次鄧小平的臉看起來比較清楚。

「邁爾茲，你對鄧小平的這張臉有什麼想法呢？」

路易斯詢問邁爾茲・克龐德。

「光看影像無法了解，不過好像臉頰的肉比較多。」

「很好，再看鄧小平最近的臉。」

操作員操作滑鼠，將鄧小平另一張臉的畫面映在螢幕上。

「這張照片是什麼時候拍的？」

「今年二月在上海拍的。」

「兩張擺在一起看一看，哪一張比較年輕呢？」

操作員將照片和由中央電視台下午六時播放的鄧小平的照片擺在一起。

亞雷克斯・路易斯仔細比照二張臉部照片。

「邁爾茲，你說的對，今天下午播放的鄧小平臉頰上的肉很多。」

他用右手手指敲著螢幕，並向克龐德說明。

「今晚播放的照片比去年二月的照片，拍攝時間應該更久吧！」

「可能吧！為了讓大家認為鄧小平健在，因此事前拍攝好的畫面再播放出來吧！」

路易斯憂鬱地說道。

他想起四年前的事情。四年前的五月，北京的外交諜報圈也傳出鄧小平病情嚴重的傳聞。身為CIA北京分局長的他趕緊將「鄧小平病情嚴重」的報告送回CIA本部。但是第二天，鄧小平卻以很健康的姿態出現在上海的工廠視察。

這次的病情嚴重說難道又是一次謠傳嗎？這種想法不禁在他的腦海中閃過。

「還不知道江澤民和朱鎔基等人在哪兒嗎？」

「大使館協助搜尋他們的行踪，目前還不知道。十四日夜晚時，二人就已經行踪不明了。有情報顯示可能被軍方的特殊部隊押至某處軟禁。」

「那麼，總理李鵬呢？」

「他仍然健在。昨天上午參加國務院的會議後，和全人代常務委員會委員長喬石，進行午後會談。這個會談似乎意在確定全國人民代表大會的舉行日。他的日常行動從表面上看起來似乎沒什麼變化。可是，從十四日開始，他的專用座車的行動電話的周波數變更了，無法接收到。根據我們掌握的情報，鄧小平大約在十三日晚上就失去意識，十四日早上召開黨政治局常務委員會，鄧小平萬一死去，以現在的人事而言，應該仍會繼承鄧小平路線。但是同一天傍晚，人民解放軍總參謀長張萬年和總政治部主任于永波二人，要求召開中央軍事委員會，當天晚上召開中央軍事委員會。席上，張總參謀長提議要以武力鎮壓在四川省為主的農民暴動。但江澤民卻推翻這個提議。於是張參謀總長提議卸除中央軍事委員會主席江澤民的職務，在多數表決通過之後，奪去江澤民中央軍事委員會主席的地位。他們又任命被解除中央軍事委員會副主席職務的楊尚昆擔任主席。

「楊尚昆回到寶座的傳聞我也聽說了。但這是事實嗎？」

「這是來自江澤民的支持者黨中央院的李江炎的情報，應該沒錯。人民解放軍似乎由楊尚昆一派掌握著。這些人雖然嘴巴說應該鎮壓四川省的農民暴動，但實際上卻暗地裡與他們勾結。認為資本主義開放經濟實行過度，必須用社會主義加以限制。總之，鄧小平已經沒有辦法介入這次權力鬥爭了。他已經是過去的人了，即使從疾病中回復也是如此。」

路易斯站了起來，回到自己的座位上。

克龐德跟在他的身後，坐在他的旁邊。

「CIA總部指示我實行帕爾巴克行動。」

「帕爾巴克行動？這是什麽東西呀！」

路易斯好像從來沒有聽過這個行動。

「這是國務院提出的謀略。想要結束共產黨一黨獨裁，在中國建立議會制民主主義的工作。」

「真是笨呀，如果美國介入的話，會使中國陷入大混亂中。你接受這個謀略嗎？」

路易斯慌張地問道。

「總統已經簽名，CIA本部也同意了，現在已經沒有辦法中止。國務院這幾年來對於中國的軍備增強一直感到不安。楊尚昆一派的保守派掌握權力，一旦回歸社會主義路線時，對美國而言是一大威脅。因此國務院才會計畫這個謀略，而由CIA負責實行。」

「國務院真是可惡。他們永遠不會弄髒自己的手，而將這些骯髒的工作推給我們做。到時候被議會攻擊的，只有CIA而已。邁爾茲，你不要管這個命令吧！」

「不行。本部叫我回去，我已經接受命令了。回到香港後，我打算立刻著手進行這項工作。」

克龐德臉上露出堅定的表情說著。

「你清醒點吧，邁爾茲。國務院高估了這個國家民主派的力量。中國不是俄羅斯，不是東歐，有八億貧農，沒有政治家能與他們為敵而獲勝，與他們相比，都市部的民主派只是渣滓而已。」

路易斯以穩重、訓誡的語氣說著。

（4）八月二十一日香港報「南華早報」報導

「北京政府高官的情報顯示，國家主席江澤民十四日夜晚死亡。根據政府高官的敍述，負責警護政府及黨的要人的中央警衛隊的一部分部隊叛亂，國家主席江澤民、政治局員兼副總理朱鎔基，政治局員兼副總理吳邦國等人遭到逮捕。這時國家主席江澤民反抗，結果被射殺。此外，領導中央警衛隊的江澤民的心腹，黨中央委辦公廳主任曾慶紅似乎也被叛亂部隊殺害。

叛亂部隊據説是奉黨中央軍事委員會副主席劉華清之命，逮捕國家主席江澤民，總理李鵬也同意。在劉華清的背後有前中央軍事委員會副主席楊尚昆、政治局員楊白冰，以及彭真、萬里、薄一波、宋任窮等長老們。同時，解放軍總參謀長張萬年上將也加入他們的行列。

他們發動政變的原因是，發現四川省農民暴動擴展，甚至都市部的反政府運動也逐漸擴張，而感受了危機感。他們認為過分的資本主義開放經濟，造成貧富差距與階級對立、犯罪增加、官僚與黨的腐敗等，因此認為應該回到社會主義的原點。此外，對於國家主席江澤民起用多數上海人脈擔任黨及國家要職深表反感。

八月二十一日午後四時

北京是內陸性氣候，夏天非常熱。但是，沒有濕氣的乾熱。

八月二十一日午後四時，強烈的陽光緩和下來，氣候涼爽了。

日本大使館二等書記官仁科治彥，在午後四時來到北京國際飯店的咖啡廳。

二個小時以前，在中國外交部日本課服務的林敬明派人傳話，請他在下午四點到北京國際飯店的咖啡廳等待。

看似大學生的年輕人，將林敬明所寫的信送到日本大使館。可能是因為知道電話被竊聽而避開以電話聯絡的方式。

高聳的天花板下，廣大的咖啡廳裡全都是觀光客。可能是來自日本的觀光團。還不知中國國內的政變，仍在那兒談笑自若。

仁科走出位於建國門附近的日本大使館時，在附近攔了一部計程車，直駛北京國際飯店。中途回頭看了好幾次，確認有沒有跟踪的車子。

在北京外國大公使館的門前，全都有中國公安警察的站崗亭，總有一、二名中國的警官在此警備。他們負責大公使館的警備時，會監視在此出入的人。身為大使館員，仁科離開大使館的事情，相信已經由警備的警官立刻通報公安部了。他在日本大使館擔任情報方面的工作，中國的公安部也知道這一點。其證明就是過去有好幾次都有公安部刑事的人員跟踪他。

此時不知道有沒有被跟踪，因為車子很多，很難分辨哪一輛是跟踪的車子。

東西橫亙於北京中心部的長安街和平常一樣，車水馬龍，擠滿了汽車和自行車，每個人都面無表情，總是瀰漫著一股不安的氣氛。

（難道是暴風雨前的寧靜嗎……）

他在心中喃喃自語著，進入北京國際飯店的咖啡廳。

林敬明站在咖啡廳的一角，背對著入口找個不顯眼的地方坐下。

仁科繞到他的身旁，避免嚇到他，靜靜地叫道：

「林先生。」

出聲招呼他。

林敬明比仁科小一歲，今年三十四歲。五年前還在日本的中國大使館服務，日文說得很好。

仁科在他服務於駐日中國大使館時，在日本外交部的亞洲局工作，因此兩人認識。

仁科在三年前被派任為北京的日本大使館二等書記官而到北京來，再度與舊識見面。

林在中國外交部中是屬於開放派。中國的年輕一代不相信共產黨，不相信社會主義的人增加了，他也屬於其中一人。和仁科閒聊時，他經常會洩漏個人的情緒。

「呀，仁科，對不起，叫你到這裡來。」

林慌忙地想站起來。

林按住他。

「沒關係！」

說著在他身旁坐下。

侍者前來問他們要什麼東西，仁科和林都點了咖啡。

侍者離去後，林靠向他說道：

「鄧小平今天早晨死了。」

表情嚴肅地輕聲說道。

「咦，真的嗎？可是昨天下午六點的新聞，還播出他視察苑平工廠的消息呀！」

「那是黨宣傳部事前拍攝的畫面。這次沒錯。」

「我推測可能會進行權力鬥爭，真相如何呢？」

仁科低聲詢問著。

「實權現在已經落在楊尙昆所支配的中央軍事委員會手中，支持主席江澤民的政治局員和政治局員候補者全都被逮捕了。可能他們為了鞏固權力，而發表鄧小平死去的消息，想要公開發表新的領導部吧！還沒有公開發表就是因為楊尙昆一派的權力基礎還不穩固。」

林不禁靠過來輕聲說道。

「喔！這麼說進行權力鬥爭的傳聞是真的囉！」

「沒錯。權力鬥爭就是主張推進經濟開放路線的江澤民一派，和爲了安慰貧農層而打算暫停經濟開放路線，想使社會主義路線復活的楊尙昆一派的戰爭。楊尙昆一派唯恐四川省的農民暴動在全國擴大，因此趁鄧小平病情嚴重時，打算趕走江澤民一派。」

「一旦回歸社會主義路線，恐怕都市民主派不可能坐以待斃，也許民主派會展開暴動吧！」

仁科的估計是這樣。事實上，從林那兒聽到真相時，他很驚訝地說著。

「因此他們打算先檢舉民主派。據說人民解放軍已經悄悄地在北京郊外待命了。」

「如果真是這樣，包括美國在內，與西方諸國的關係會惡化，甚至可能引起經濟制裁。楊尙昆難道不了解這一點嗎？」

「對他而言，重要的不是與西方的關係，而是共產黨存續的問題。未受經濟開放政策恩惠的貧農有八億人。他們的不滿在四川省暴發，引起農民暴動，甚至可能波及全國，到時候共產黨可能就完了，因為共產黨已經不具有以往的權威了。楊尙昆一派只好冒險孤注一擲。」

的確，經由林的說明，仁科也能了解了。

中國共產黨不再具有毛澤東時代的權威。在各方面收買公營企業、自己經營企業，共產黨幹部搖身一變，成為事業家，拼命賺錢。此外，利用特權收取賄賂等的現象層出不窮。

直到現在仍能持續獨裁，是因為能控制軍隊與警察的緣故。

貧農運動的領導者章宗林激烈批判共產黨，陸續占領地方黨組織的理由就在於此。

「但是，仁科，某人希望能逃往日本，能不能幫助他呢？」

仁科嚇了一跳，表情緊繃。

林所說的「某人」，可能就是與江澤民主席有關的要人吧。

「這個人物面臨了危險嗎？」

林點點頭。

「他在西安。離開北京前往西安時，遇上這次的權力鬥爭。現在他已離開居住的旅館，藏身在某戶人家中。楊尙昆一派可能會逮捕這個人。」

這時咖啡送來了，二人沈默不語。

侍者離去後，仁科問道：

「這個人是誰?方便的話你告訴我吧！」

「前共產黨總書記趙紫陽。」

「總書記趙紫陽？」

仁科又感到很驚訝，表情僵硬。

前中國共產黨總書記趙紫陽，就是在天安門事件時，基於同情民主化運動的理由，而被鄧小平卸除職務的人物。但是他依然受到北京民主化團體的支持。楊尚昆一派當然有可能下令逮捕趙紫陽，林的說明仁科也能了解。

「我回到大使館和大使商量一下。因為這是很嚴重的事情，不是靠我一人就能決定的。不過，我想大使應該會答應吧！」

「希望能夠藉由我們之手幫助趙紫陽逃到香港。他住在深圳的朋友可以幫助他。廣州是趙紫陽的出生地，有很多朋友，只要能到達深圳，就不要緊了。」

「外交部長錢其琛怎麼樣了呢？」

仁科突然想到林的上司是外交部長錢其琛，於是問他。他想也許外交部長也被逮捕了。

「錢其琛和總理李鵬一樣，依附楊尙昆。總理李鵬和錢其琛，都反對主席江澤民任用很多上海派。二人此時當然都是倒向有力量的一邊，是牆頭草。」

江澤民曾任上海市長，由於他的經濟通深獲好評，因此被拔擢為黨中央委員會政治局員，代替天安門事件後失勢的趙紫陽，成為中央委員會總書記。後來他為了鞏固自己的權力基礎，於是從上海提拔很多昔日的部下進入政治局。

利用上海派系鞏固政治局的江澤民的作法，當然遭致其他政治局員的反感。

「人民解放軍的情形如何呢?所有的人民解放軍都跟隨楊尙昆嗎?」

「不知道。地方的情形我們外交部還無法掌握。不過只有北京軍區，軍區司令員被卸任。人民解放軍總參謀長輔佐官熊光楷少將被任命為軍區司令員，因此北京軍區也在楊尙昆一派的支配下。但是，末端部隊到底依附何人不得而知。不過，現在楊尙昆一派對於鄧小平死亡及權力鬥爭一事並未發表任何言論。」

「可是，林先生，事情非常嚴重，到底今後的中國會變成何種情形呢?」

對於仁科的問題，林臉上的表情陰暗。

「也許處於分裂的內戰狀況吧。經濟發展顯著的廣州等南部沿海部與上海，當然不會跟隨楊尙昆一派。反北京感情根深蒂固的東北地方，獨立的情勢也很高。中國好不容易安定下來，朝著經濟發展的道路前進，沒想到卻又要回到原先的時代了。」

「你有什麼打算呢?」

仁科非常擔心林進明今後去向。於是問他。

楊尚昆一派掌握權力，與要求毛澤東主義復活的農民運動攜手合作的話，在中國的社會主義經濟體制一定會復活。當然，政治的限制也會變得非常嚴格。

像林敬明這種改革開放路線的支持者或民主化路線的支持者，一定會受到鎮壓。

「如果我被卸除職務的話，會到日本擔任中國語文的教師。到時候還要麻煩你幫我找工作囉。」

林邊開玩笑、邊笑著說。

「那麼我就回大使館和大使商量幫助趙紫陽逃走的事情。明天我們在哪兒見面呢?」

仁科喝光留在杯中的咖啡說道。

「午後五點在北京動物園北側五塔寺的門前，你覺得如何呢?那裡距離中心部比較遠，公安們不會發現。」

「我知道了。我一定會到。林先生，你要小心喔!」

一小時後，慌慌張張與林先生分手的仁科回到日本大使館，會見大使松平貞男。

松平正與一等參事官浮田誠密談。

「我可以打斷你們的談話嗎?」

仁科恭敬地問松平。

松平一向脾氣暴躁，有時也許會大聲責罵也說不定。

「什麼事呀？鄧小平好像已經死了。」

松平大使似乎已經知道鄧小平死去的消息。

「你知道了呀！事實上我正準備向您報告呢！」

「一小時前浮田君從美國大使館那兒聽到了這個情報。先前已經發了緊急電報將事情傳回東京外交部。」

「事實上，中國外交部的林敬明請求我們幫忙趙紫陽逃亡到日本，您覺得如何呢？」

「趙紫陽？他現在在哪裡？」

「聽說到西安去了。現在已經離開居住的旅館，藏在朋友家中。他打算先逃到香港，然後再前往日本。」

仁科說明時，松平摸著下巴思考著。

「楊尚昆等保守派掌握權力的傳聞可能是事實。但是已經嘗到經濟開放滋味的中國國民，當然不希望社會體制的復活。可能會遭遇民主派激烈的抵抗吧。如果援助趙紫陽，民主派獲勝時，日本對於中國問題也能得到發言力。如果拒絕趙紫陽逃亡到日本，他一定會選擇逃亡到美國。如此一來國際社會一定會指責日本坐視趙紫陽被殺而不管。」

仁科好像催促松平決斷似地，慫恿地說到。

「浮田君，你認為如何呢？」

松田詢問一等參事官浮田的意見。

「我覺得民主派活動的區域僅限於北京、上海等都市部和沿岸部。要求社會主義復活的內陸部的農民們，數目非常多。如果與人民解放軍合作，民主派絕對無法獲勝。如果楊尚昆體制成立，日本幫助趙紫陽逃亡，與中國的外交關係就會惡化，對日本而言，當然沒有幫助。」

浮田躊躇不決。他擔心如果幫助趙紫陽逃亡到日本，可能會與楊尚昆政權發生摩擦。

「東京外交部和你的意見相同，並不贊成這件事。但是我卻採納仁科君的意見。想要幫助趙紫陽逃走。美國可能也會批評楊尚昆體制吧！日本應該和美國採取共同步調才對。如果畏懼楊尚昆體制的批判，就會坐視民主派被殺而不顧。仁科，一切交給你了，你就幫忙趙紫陽逃往日本吧。東京外交部方面由我來說服。」

松平好像下定決心似地，指示仁科幫助趙紫陽逃亡到日本。

(5)八月二十一日上午七時日本短波放送

「根據先前得到的消息，一直傳聞陷入危篤狀態的中國前國家主席鄧小平在本日天未亮時死去。

本日上午六時四十分美國通信社AP通信社的北京分局報導說明，本日凌晨五時左右，前國家主席鄧小平病逝於北京郊外的軍醫院。

鄧小平於一九〇四年八月二十二日出生於四川省。在法國留學時加入中國少年共產黨，歸國後獻身革命運動，參加著名的長征。

中國共產黨於一九五二年掌握政權後，他擔任政務院副總理，一九五六年被選為中央委總書記，被視為毛澤東有力後繼者之一。

但是一九六六年時因為文化大革命而失勢，暫時消聲匿跡，一九七三年時奇蹟似地復活。一九七六年時因為與保守派長老們的意見對立，再次被卸除職務。翌年七七年復活，在中國共產黨一黨獨裁的原則下導入資本主義市場經濟制度，也就是導入經濟開放路線，建立了經濟躍進的基礎。

一九九〇年四月從所有的公職中退休，卻隱然保持影響力。但是他熱心推進的開放政策卻造成都市與農村的經濟差距及貧富差距、官僚貪污瀆職、犯罪的增加、社會主義道德頹廢等問題，引起貧農和都市貧困層的暴動、知識分子及學生的民主化運動，遭致強烈的批判。

另一方面，中國政府認為東京的中國大使館發佈鄧小平死亡的消息是惡意中傷，而加以否認。此外，日本外交部高官也敍述這個消息的確實性並未確認。

關於中國關係的消息，稍後會爲各位報導。」

八月二十一日晚上十時

「閣下，日本的短波放送傳出消息，說明鄧小平已於今天早上死亡了。」

參謀上校吳健一來到第四戰車軍司令陸繼堯中將處，臉上露出沈痛表情地說明。

吳上校在通信室接受到日本向海外廣播的短波。

哈巴洛夫斯克向中國發送的短波廣播，及英國的BBC電台和美國的美國之聲電台，都報導鄧小平死亡的消息。

不過中國的報導機構對鄧小平之死一直保持沈默。對於外國的報導既不否認，也未加以肯定。可能是由黨中央宣傳部長丁關根進行情報的控制。

陸中將瞄了侄子第二十三軍司令部的陸永定上校一眼，然後從沙發上站了起來。

「我知道了，我和王克上將連絡看看。」

他走到電話處，請接線生為他聯絡在瀋陽軍區的王克司令。

他原本準備聯絡直屬長官北京軍區的司令李來柱上將，但是李來柱上將已經被卸任，由熊光楷少將升任中將後接替他的職務。

於是他請求聯絡熊光楷中將，但是不在。

因此他確信政變發生了。

人民解放軍分為七大軍區。瀋陽軍區管轄遼寧省、吉林省、黑龍江省這東北三省。王克上將是這個大軍區的司令官。

王克上將是屬於鄧小平人脈的軍人，與楊尙昆派畫清界線，是陸中將現在最能依賴的軍幹部。

「電話無法與瀋陽聯絡，軍用電話在中途被切斷。」

不久之後接線生用電話報告。

「怎麽回事?那就和國防部聯絡好了。國防部應該打得通吧!」

陰謀家為避免軍幹部之間聯絡而切斷軍用電話的線路。陸中將怒氣塡膺，後來他打算和國防部長遲浩田上將直接連絡。

聯絡上國防部的接線生後，他請求和國防部長遲浩田通話。

但是，接電話的不是國防部長，而是副官。

「我是第四戰區的陸繼堯中將。海外報導還於鄧小平同志死亡的消息，不知是否屬實，我想請問遲浩田先生。」

陸中將的聲音似乎壓抑著怒氣。那是因為除了熊中將以外，他想要和人民解放軍總參謀長張萬年上將，及國家中央軍事委員會副主席劉華清等人以電話聯絡，可是沒有人在，因此沒有辦法和他們說話。

「部長現在不在。他去參加中央軍事委員會的會議了。」

「那麼，副官我請問你，鄧小平先生是否健在呢？還是正如外國廣播電台所說的，他已經死去了呢？」

「依然健在。你看前些日子的電視報導呀。死亡的消息只是傳聞而已。」

「主席江澤民在哪裡？我和黨本部聯絡過，可是沒有人回答。」

「江澤民同志身體不適，聽說住院了。」

「聽說第二十三軍準備出動，一部分已經移動到北京郊外。到底是為了什麼原因呢？」

「為了防範暴動所以伺機而動。根據情報顯示，由美國叫唆的勢力似乎準備發動暴動、顚覆體制，因此要加以防範。」

副官毫不猶豫，非常流暢地回答。

「知道了。國防部長回來後請你和我聯絡。我想直接和部長遲浩田先生談談。可以嗎？」

「知道了。等他回來後，我會向他報告你打過電話來。」

陸繼堯中將生氣地掛上電話。

然後對在背後豎身傾聽的部下們說道：

「國防部長的副官否認鄧小平同志死亡的消息。問他為何不見國家主席江澤民，他說身體不適而住院了。此外，第二十三軍出動似乎是為了防範類似天安門的暴動，到底誰說的才是實話呢？」

他暴躁的脾氣又暴發了，大聲地怒吼著。

沒有來自軍方上層部的任何說明或指示。電台和電視依然播放和往常一樣的節目，看似平靜。只有外國的機構傳出鄧小平死亡的消息，以及權力鬥爭的消息。當然也有可能是西方國家，尤其是美國的謀略。

「叔叔，不，長官，我想遲國防部長也有可能是叛亂者之一。我們應該和能與我們成為同志的將軍們取得聯絡，鎮壓叛亂。」

陸上校向叔父建議。

他在最初時認為發動叛亂的部隊只有二十三軍而已。但是將來自各地的情報綜合加以判斷時，似乎追隨楊尚昆一派的部隊非常多。

「雖然想取得連絡，但是軍用電話不通呀！」

「可以使用緊急的無線電。瀋陽軍區的王克司令及廣州軍區的李希林司令如果還沒有遭到逮捕或卸任，應該會成為我們的同志。」

「知道了。就和吳上校二人聯絡吧！」

陸中將答應了。

過了一個小時，這一天一大早就從駐屯地出發到北京市內觀察狀況的郭少校及韓中尉二人回到駐屯地。

「郭少校和韓中尉剛回來。」

「好。人民解放軍總司令部的情形如何？」

陸中將讓二人坐下後，趕緊詢問他們。

「沙河鎮由第二十三軍封鎖道路，進行盤查。我們一看到盤查就後退，繞道至陽坊，從溫泉到昆明湖，再進入北京市內。但是在昆明湖路和六郎莊路的交叉角，安置有盤查站及裝甲部隊，限制北京市內的出入。此外，我們親眼目睹在昆明湖北側的公園內約有一個中隊的士兵和車輛潛藏在那兒。可能通往北京市內的幹線道路全都設置盤查站，而戰鬥部隊都躲起來了吧！我們目擊的部隊是第二十三軍的第三十一步兵師團。」

郭少校詳細報告偵察的狀況。

他們一發現有盤查站時就趕緊停車後退，繞道穿過北京大學的兩側，進入市內。

市內和往常一樣，看不出特別的混亂和不安的現象。

雖然傳出民主化團體暴動的消息，但是北京大學相當平靜，學生們也沒有召開集會。

市內並沒有設置盤查站，也沒有會令人想到政變的戒嚴令或部隊。

他們來到面對西長安街的官廳街前。

中國的官廳全都聚集在面對西長安街的古觀像台的西側。周圍聳立高的水泥牆。面對西長安街的出入口由警備的中央警官在此警戒。國防部及人民解放軍的參謀部也在其一角。

這也證明中國的領導者完全不相信國民。

出入口側面停著車身上寫著「巡警」的巡邏車。

韓中尉將車子開到出入口前。

「你要做什麽呢？」

開車的韓中尉詢問郭少校。

「我的朋友朱執信少校在通信部，你就說我來拜訪他，試試能不能進去。」

韓中尉靠在車門上。

警備衛兵走了過來。韓中尉搖下駕駛座旁的玻璃窗。

向衛兵敬禮，並從內側的口袋中掏出軍籍證明證。

「我是第四戰車軍司令部的韓中尉，這位是郭少校。他有事前來拜訪總參謀部通信部的朱執信少校。」

郭少校也將自己的軍籍證明證讓警備兵看。

取過二人軍籍證檢查的警衛兵說道：

「請等一下。」

然後回到守衛站。

隔著窗子，可以看到衛兵正在打電話的情形。

警備兵小跑步地來到他們的身邊。

「好。請進去吧。軍籍證明證還給你們。」

韓中尉向警備兵敬禮，踩了油門開入大門中。道路左右有很多政府各單位的建築物。通過國務院的建築物前時，看見武裝警察部隊的裝甲車及運輸軍隊的卡車。

「你看到了嗎？」

「嗯，看到了，是武裝警察部隊。」

裝甲車停在黨本部大樓的旁邊。從外面無法看清內部的情形。不過內部可能有武裝警察部隊警備著。

韓中尉將車子停在人民解放軍總參謀部建築物的停車場內。這裡也停了二輛裝甲車及五輛運兵卡車。

二人下車後，走向龐大的總參謀部建築物，爬上石階。從入口進入時，左側有警備所。在此再次被盤問所屬部隊及姓名。

負責處理的中士在名册上塡上二人的姓名和所屬部隊，然後打電話給通信部的朱執信少校。

「請在那兒等一下。立刻派人來接你們。」

中士用手指示對面的接待所，是個天花板很高的大廳。

玄關正面有舖上紅色地毯的階梯。郭上校和韓中尉就在階梯右側的接待所等待。

此處有十幾位人民解放軍的將校和下士官，似乎也在等人似地坐著。

二人發現空的座位，一起坐下來時，看到等待的人陸續被請出去。

「郭少校在嗎？」

一位少尉出現在入口，叫著郭少校。

「我就是。」

「我是許少尉。朱少校在等您，請跟我來。」

二人跟在許少尉身後，爬上三樓，走過長廊，進入門上貼著通信部牌子的辦公室。

此處有三十位職員在工作。

朱少校認出郭少校時，走了過來。

他們二人是中國人民解放軍國防大學的同學。

「好久不見。我到這兒出差並未拜訪你，你還好吧……」

郭少校先問對方。

「還好，你在第四戰車軍司令部工作吧！」

「是呀！這是我的同事韓中尉，和我一起在第四戰車軍司令部工作。」

「你好。」

韓中尉向朱少校敬禮。

「別在這個站著說話，到空的房間去。」

朱少校催促二人離開辦公室，穿過走廊，帶二人到第三會議室。

「昆明湖東的道路被封鎖，而且設立盤查站，這是什麼緣故呀？」

郭少校一邊點燃香煙，一邊若無其事地詢問著。

「以防學生暴動呀！根據我們掌握的情報，學生們似乎計畫暴動。」

「我經過北京大學，可是北京大學很平靜呀！」

「學生們的準備及大衆集會似乎都還沒有開始。一部分的領導者計畫要使天安門事件再現，目前正在準備中。遇到萬一時，也許你們第四戰車軍也要出動呢！」

第四戰車軍和第二十三軍、第十八軍都屬於北京軍區，除了與侵入的軍隊作戰，加以擊潰的任務外，同時也負責防禦首都地區。

郭少校將抽至一半的香煙放入煙灰缸中按熄之後說道：

「朱少校，我們不要說一些官場話，請你坦白告訴我。西方的報導機構及人民都說鄧小平同志死了。此外，國家主席江澤民似乎也被一部分的叛亂分子射殺了。北京到底發生了什麼事情？」

朱執信少校只說了一些場面話，而焦急的郭少校只好對他坦白說明來意。率直地提出疑問。

這時朱少校輕聲地說道：

「事實上我也不知道發生了什麼事。不，應該說在這棟建築物中工作的人都不知道發生了什麼事情。不過正如你說的，的確發生了某些事情。聽說黨中央軍事委員會已經選出楊尚昆同志，代替主席江澤民成為委員會的主席。但是黨中央軍事委員會在何處召開，誰也不知道。」

朱少校以不安的表情說明。

「國防部長遲浩田還留在現在的職務上嗎？」

對於郭少校的問題，朱少校輕輕地點點頭。

「那麼總參謀長張萬年的情形如何呢？」

「張萬年同志也不變，不過聽說傅全有同志被卸任了。」

傅全有是人民解放軍總後勤部長。同時也是黨中央軍事委員會的成員之一。可能因為看他是支持主席江澤民的人物，因此被楊尚昆派卸任了。

「那麼，權力中樞現在在何處，由誰發布命令呢？」

「現在我告訴你的話都是秘密喔，我聽到的事情沒有對別人說過。聽說總理李鵬和劉華清同志及楊尚昆同志三人決定一切。三人中最有力量的是劉華清同志。他擔任中央軍事委員會副主席並兼任共產黨政治局常務委員，目前掌握黨軍大權。楊尚昆只不過是被他操縱的傀儡而已。不過情勢一直在變化。被視為主席江澤民後繼者的副總理朱鎔基已經行蹤不明。有人說他逃到上海，企圖捲土重來。也有人說，全國黨的幹部都集結在上海。」

朱少校輕聲說著。

「喔！你們對於這些狀況沒有任何抵抗嗎？」

對於郭少校的問題，朱少校聳聳肩說道：

「我一個人的力量能做什麼呢？只好走一步算一步啦。我既不想失業，也不想成為政治犯。這幾年的改革開放路線，很明顯地是做得太過火了。忽略了社會主義理念經濟的平等。你看看士兵、下級士官和下級將校們的生活就知道了。如果再繼續改革開放路線，會紊亂人民解放軍的規律、犯罪增加，軍中年輕的將校和士兵會發動暴動和叛亂，也有多數將校和士兵支持四川省的農民運動。」

朱少校最初是放棄希望的表情，後來卻是似乎在壓抑怒氣的語氣。

昔日人民解放軍是革命的軍隊，士兵是模範的英雄。中國共產黨和人民解放軍會利用所有的機會製造出人民革命軍的「神話」。而人民也相信這些神話，尊敬士兵們。

這個神話卻因天安門事件中人民解放軍將槍口對準民主派而瓦解。後來在經濟開放路線中，人民解放軍的士兵們就好像強盜和小偷一樣，軍幹部的腐敗非常顯著。人民解放軍已經失去了國民的信賴。

感覺到這種危機感的青年將校們，也不禁支持叫嚷著毛澤東主義復活的章宗林的農民運動。

默默聽著郭少校說明的陸繼堯中將說道：

「辛苦你了。這就是政變。不管動機是什麽，都沒有辯解的餘地了。中心人物是楊尚昆，而幕後的主使者是劉華淸上將。我絕對不能和他們苟同，一定要和他們做戰。參謀，我打算率領第四戰車軍朝北京進發，逮補叛亂者！」

以強烈的語氣說著。

（6）華盛頓郵報的報導

「由於中國權力鬥爭激烈化，柯林頓總統決定派遣國務院官員金格瑞契前往台灣。這是因為台灣政府在十八日宣布軍隊進入非常警戒狀態。由於中國與台灣之間的緊張情勢升高而採取的措施。

國務院官員金格瑞契將與台灣的政要就中國新事態交換意見，並要求台灣不要採取刺激中國的軍事行動。

此外，金格瑞契也將訪問日本和韓國，預料會要求日本政府和韓國政府在對中國政策上採取協同步調。

台灣方面，國民黨以中國民主化為條件，要求與中國合併的氣焰高漲。因此積極支持中國的民主化運動。此次成為總統特使的國務院官員金格瑞契被派遣到台灣，就是擔心國民黨的這些行動會招致軍事衝突，因此美國想從中斡旋，加以制止。」

八月二十二日上午八時

北京西方解放軍三〇一醫院嚥下最後一口氣的鄧小平的遺體，為掩人耳目而悄悄地搬上在醫院後門等待的運送車上。

醫院周圍由中央警衛隊部隊負責警戒，一般患者無法靠近。

在醫院工作的醫生、護士及職員們從三天前開始就被關在醫院內，不能回家。

搬上運送車的遺體，由鄧小平的三女，成為私設秘書，陪伴鄧小平晚年的鄧榕陪同，和四名負責警衛的中央警衛隊士兵一起上車。

跟在後方賓士車中坐著劉華清上將，和他一起坐在後座的是張震上將。

張震上將和劉華清上將同樣是黨中央軍事委員會副主席。在此之前擔任人民解放軍國防大學校長。

劉華清和張震二人，在一九九二年十月十九日所召開的中國共產黨第十四期中央委員會第一屆全體會議中，被選為中央軍事委員會副主席。

二人都是高科技軍隊現代化的推進者，鄧小平則因為這一點選他們為中央軍事委員會副主席。

「鄧小平同志也沒有辦法戰勝年齡。」

劉華清上將對張震說。

劉華清原為海軍司令員，後來被拔擢為黨中央軍事委員會副主席及黨政治局常務委員。推進中國海軍的現代化及外洋艦隊化。

他並不是純粹的海軍。西元一九二九年十三歲時，加入共產主義青年團，然後參加抗戰。一九三七年當鄧小平擔任政務委員時，他在八路軍第一百二十九師團服務，在鄧小平身邊負責宣傳和教育工作。

因此而得到鄧小平的信賴。一九五八年時命他創設中國海軍。他提議關於核子潛艇的建造計畫，以及飛彈搭載驅逐艦的建造計畫，強化與推進了中國海軍的現代化。

雖然一直躲在總書記江澤民的背後，是不顯眼的存在，但是深受海軍、陸軍及空軍的支持。年齡已七十九，是高齡者，但卻是掌握黨及軍權的實力者。

車子在漸漸昏暗的北京市內朝向中心部慢慢前進。道路二旁有正準備回家的勞工們，騎著腳踏車擦肩而過，但是沒有人注意到這個車子的行列。

「劉同志，什麼時候發表鄧小平死亡的消息比較好呢？」

張震上前詢問劉華清。

「今天晚上應該在四川省的廣安和章宗林達成協定。如此一來章宗林就會中止農民暴動。章宗林進入黨政治局負責農業問題。明天早上再發表鄧小平同志死亡的消息好了。當然要進行國葬。到時由新的領導部聯名推出治喪委員長和治喪委員，人民就會領悟到體制改變了。問題在於美國所操縱的民主勢力。不過，明天早上一齊檢舉其領導者，應該能夠順利進行吧！」

「逃到上海的朱鎔基還沒有消息嗎？」

張震好像感覺不安。

原本他並不喜歡這種政權交替的情形。他雖然向國家主席江澤民提過好幾次要抑制過度的改革開放路線，但是也反對毛澤東時代的極左路線。只想改正江澤民體制下的過度開放路線而已。

但是二週前在四川省，由章宗林所率領的農民發生暴動，瞬時波及湖北省和陝西省。據說參加人員有一千萬名，一旦發展為大規模的農民暴動，除了卸除江澤民的職務、更改經濟路線以外，沒有任何辦法可安撫發動暴動的農民層。

於是，在鄧小平陷入昏睡狀態的十三日，張震聽劉華清等人說明想要趕走江澤民一派時也表示贊成。

鄧小平仍健在時，大家都有所忌憚，不敢批評江澤民主席的政策。二人在十三日夜晚，加上人民解放軍總參謀長張萬年上將及前人民解放軍總參謀長，現擔任國防部長的遲浩田上將二人，密議卸除江澤民主席職務的事宜。

張萬年和遲浩田都憂心由於改革經濟開放政策造成貧富差距，使得排除在經濟發展外的內陸部農民的不滿情緒高漲。

人民解放軍成員大半是農民子弟，因此人民解放軍的士兵之間也產生強烈的不滿。他們唯恐農民暴動會波及沿岸部的大都市貧民層，而引起都市暴動。

此外，開放政策也造成人民解放軍的規律鬆懈，喪失戰鬥心。

四人商議的結果，想拉攏總理李鵬加入。李鵬對於國家主席江澤民將上海幫人脈拉入政治局，擁有超過他的權限而抱持反感。

事實上，國家主席江澤民一直考慮在鄧小平死後解除李鵬的職務，由副總理朱鎔基擔任總理。

十四日早上，劉華清與張震二人秘密與總理李鵬商議，打算趕走江澤民一派。李鵬也贊成，並同意從黨政治局中拉入贊成這項計畫的政治局員。

另一方面，劉華清、張震、張萬年、遲浩田四人，在十四日午後聚集秘議。任命被江澤民取代國家主席地位的前上將楊尚昆代替江澤民，成為國家中央軍事委員會的主席，打算藉由中央軍事委員會之名，掌握人民解放軍。

長老楊尚昆於一九八八年擔任國家主席時是一位實力者，但是由於反對過度的經濟開放運動及民主化，於是一九九三年三月被卸除國家主席的職務。但是在人民解放軍內仍擁有隱然的實力，得到半數以上將官層的支持。

談及人民解放軍將官們的聲望這一點，劉華清就不及楊尚昆。因此劉華清和張震二人抬出楊尚昆，想要對付江澤民。

遺體運送車進入市中心部的車公莊西路，朝向東走，最後來到地安門西大街。北海公園旁，豎立著「中國地質研究院」木板的古老紅磚建築物，四周有樹木圍繞，是一棟三層樓建築物，是一棟讓人感覺陰鬱的建築物。

運送車駛進鐵門前，警備員打開鐵門。

劉華清與張震乘坐的賓士車跟隨在後。

在其後方則有由政治局常務委員李瑞環及副總理兼外交部長錢其琛所乘坐的賓士車進入門內。

車子停在由蒼鬱的樹木圍繞的內庭中，十名士兵從建築物內飛奔而出。

從遺體運送車上搬下鄧小平的遺體，搬入建築物中，建築物內還有數名武裝士兵，都是負責警護黨政要的中央警衛隊的隊員。

打開右側的鐵門，寬廣的樓梯一直延續到地下。

繼搬運遺體的士兵之後，鄧小平的三女，及劉華清、張震、李瑞環、錢其琛等要人，和警備的士兵們陸續進入地下室。

樓梯下有寬六公尺、高五公尺，由水泥建築而成的隧道。

大家默默無語地通過隧道，只聽到響徹的腳步聲。

這個隧道一直通往黨政要所居住的中南海。萬一有狀況時，政要及其家人可經此隧道秘密逃脫。

劉華清在心中反覆思索著鄧小平最後所說的話。嚥氣前五分鐘，陷入昏睡狀態的鄧小平張開眼睛，斷斷續續地說道：

「那個男人……來叫我了。他笑著……對我招手。是毛澤東……」

鄧小平在混濁的意識中似乎看見了什麼。也許預知毛澤東主義的復活吧！

（鄧小平同志呀，你把這麼沈重的課題留給後人。）

劉華清喃喃自語地說著。

(7)八月二十二日　中華機械貿易公司董事長高仁天寫給中國共產黨中央情報總署的報告書

「關於在香港的美國CIA的策謀

最近英國及美國工作人員和香港民主同盟幹部的接觸頻繁。二十一日夜晚，香港民主同盟副議長劉玄基和美國CIA工作員克龐德在希爾頓飯店會談。

根據來自香港民主同盟湯恩白的情報。在香港從很早以前就商量想要進行大規模反中國的集會和示威遊行。他們的目的就是希望這些行動能影響上海、天津及北京等大都市。

克龐德在香港偽裝成貿易公司董事長，進行秘密工作。他在八月十七日回到美國以後，二十日進入北京，二十一日出現在香港。他的任務是對中國進行『和平演變』。因此他秘密與香港、北京、廣州的叛亂分子取得聯絡。

根據我們得到的情報，克龐德試著與葉選平和趙紫陽取得聯絡。

他的意圖是希望葉選平和趙紫陽能成為民主暴亂的領導者。

我們的香港機構監視克龐德。如果事態繼續發展，必要時要限制他的行動。也就是將其暗殺或是綁架、監禁。」

八月二十二日午後五時

香港總督府前聚集了三十萬名群衆，根本就無法動彈。總督府前的街道上因為聚滿了群衆，車輛無法通行。連對面的動物公園都聚集了群衆。

手持宣傳標語，背上縫著布條，或拉舉布條的人群不斷地呼喊口號。

這是二十二日早晨的事情。香港電視台掌握來自北京方面的確實情報，報導「鄧小平確實死亡了」。

此外，報導指出，在北京，枱面下反覆進行的權力鬥爭似乎由楊尙昆一派獲得最後的勝利。

聽到這些報導後，香港民主派的政黨香港民主同盟的議長李柱銘呼籲：

「對楊尙昆體制進行抗議、示威遊行。」

發起行動。

結果，在香港政府的辦公處前大約聚集了三十萬名香港人。

香港於一九九七年七月一日將歸還給中國。

當香港成為中國的領土時，香港的政治制度如何呢？六百萬名香港人最關心的就是這個問題。

關於這一點，英國和中國間簽定了「五十年內維持現狀」的同意文書。但是香港總督馮定康推進選舉的民主化政策，遭致中國的反感。

香港民主派的「香港民主同盟」與親北京派的「民主建港聯盟」在歸還問題上一直保持對立。「香港民主同盟」認為如果不能保障議會制民主主義和基本人權，就反對香港歸還給中國；但「民主建港聯盟」則認為任何事情都以歸還為優先考慮。

但是聽說了北京的政變，開放派被趕走，保守派獲勝，連「民主建港聯盟」的支持者都參加了這一天的集會。

可以看到香港政府、香港總督府及廣場群衆的香港希爾頓飯店的第十二樓的房間內，CIA的邁爾茲•克龐德手持望遠鏡站在窗邊觀察示威隊伍。

鄧小平死去的消息，在香港的電視台早上以特別報導公諸於世後，香港證券交易所上午的股市大跌。

香港總督馮定康於上午十點的香港電視台的訪問中說明：

「在北京聽說保守派掌握權力。新的領導部都是想要回歸毛澤東路線，擁有錯誤時代想法的人。如果他們不顧一九八四年十二月所簽定的同意文書，則關於香港問題要再檢討。」

總督馮定康又說：

「我們不打算干涉中國的內政，但是希望中國民衆為民主化挺身而出。」做了以上的敍述。

克龐德放下望遠鏡，面對正在看電視消息的中國人吳海龍。

「李柱銘議長似乎做得很好嘛！」

昨天他由北京回到香港，與香港民主同盟議長李柱銘接觸，商量今天大集會的事情。尤其是如果能在香港發動大規模民主化的集會、示威遊行，則北京、天津、南京、廣州等主要都市也應該會發動如天安門事件般的民主化運動。

藉著這個壓力打倒楊尚昆一派，廢止一黨獨裁，建立如西歐般的民主體制。這就是美國國務院的想法。也就是所謂的帕爾巴克作戰。

「不過，吳海龍，現在還沒有辦法掌握趙紫陽的行踪嗎？」

對於克龐德的問題，吳海龍抬起頭看著對方。臉上被黑色的鬍髭蓋住，是一位目光銳利的三十五歲左右的男子。

他是克龐德的部下，CIA的協助者，同時也是以香港為根據地的青幫的棟樑。

青幫是一黑社會組織。

「三天前還在西安，但今天傍晚應該會有情報送來。」

吳海龍鎮定地回答。

「沒有被公安逮捕吧！」

克龐德一直找尋前中國共產黨總書記，在天安門事件後被卸任的趙紫陽的行踪。

得到中國知識分子和學生們的支持，此外，也得到香港民主化團體信賴的趙紫陽，美國國務院希望他能擔任民主中國的領導者。

原本以為可以輕易和他取得聯絡。

但是，趙紫陽在發生這次大事件時，離開位於廣東的自宅，而前往西安。

當吳海龍的部下慌忙趕到西安時，卻無法掌握他的行踪。

無法與趙紫陽取得聯絡，使得帕爾巴克作戰陷入紊亂中。克龐德因而非常焦急。

「不要緊。趙紫陽一定會在香港出現。現在公安部還沒有傳說逮捕趙紫陽的情報，如果被逮捕的話，一定會傳到我的組織來。」

吳海龍關掉電視，好像要讓克龐德安心似地說道。

「不管發生什麼事情，一定要找到趙紫陽，與他取得聯絡。現在他是民主派的象徵。」

「我知道了。交給我吧！我們的組織比公安警察的耳目更多呢！」

「你趕緊和廣州的組織聯絡吧！」

克龐德還是無法安心，馬上詢問吳海龍。

趙紫陽是河南省人，自建國以來，曾擔任共產黨華南分局常務委員、廣東省委書記處書記、廣東省委第一書記，在廣東省擁有廣大的人脈。他如果想要避難，一定會先逃到擁有很多親朋好友的廣東省的省會廣州。

在廣東，還有強力推動經濟開放路線的葉選平。

趙紫陽也許會和葉選平取得聯絡。

「當然，葉選平的幕僚發現趙紫陽出現在廣東時，一定會主動和我們聯絡。如果趙紫陽到了廣東，我的組織一定會將情報送來我這裡，有什麼可擔心的呢！克龐德先生。」

吳海龍的話克龐德聽起來好像是在侮辱他似的。

「趙紫陽如果被中國的公安當局逮捕，我們的計畫就成泡影了。華盛頓方面希望抬出趙紫陽擔任民主主義新政府的領導者。」

「趙紫陽已經是過去的人了。如果我是美國總統，我會抬出葉選平。」

吳海龍好像懷疑似的提出反駁。

「葉選平無法得到穩健社會主義者的支持。套一句社會主義者的話，葉選平就是資本主義的資本家。他只能輔佐趙紫陽，擔任副總理。」

葉選平是對人民解放軍有極大的影響力的葉劍英元帥的兒子。是中國「客家」民族的子孫。

客家是以廣東省為主，在東南部諸省中，從華北南移的漢族子孫。因為與原住民區別，保有獨特的習俗及獨特的方言，而被稱為「客家人」。

從一九八〇年開始在出生地廣東省工作，擔任廣州市長、廣東省長。期間無視於北京中央政府的方針和意向，推進廣東省的經濟開發，使廣東省成為中國最進步的經濟先進地區。

中央政府唯恐他將廣東省視為獨立王國，於是在一九九一年五月卸除他的省長職務。現在擔任全國政治協商會議副主席的閒職，住在廣州自宅中。預料鄧小平死後會產生很大的變化，於是他伺機而動。

克龍德看著手錶，是午後四時三十分。

「我和別人五點有約，其他事交給你了。」

邁爾茲・克龍德將望遠鏡放在桌上，拿起掛在椅背上的上衣，留下吳海龍走出了房間。

香港政府就在他所居住的希爾頓飯店的西南側。

強烈陽光中，克龐德走向香港政府大樓。

背後不斷傳來香港民主派運動群眾反對中國軍事政權，如波濤般呼喊的口號。

五點到達政府廳的他，遞上印有貿易公司董事長頭銜的名片。告知要見外事處的處長陳笙基。由於已事先約好，所以他立刻被帶往三樓的接待室。

陳和公安處治安部的甘全部長一起出現。二人都是舊識。

他們知道克龐德是ＣＩＡ的工作人員。

「克龐德先生，今天的集會真是成功。總督馮定康也很高興呢！」

互相握手、坐下後陳說道。

「總督真的要對抗中國新的領導部嗎？」

「是真的。連倫敦政府都下令要絕對禁止中國回歸社會主義路線。

「結果可能導致中國軍隊入侵香港。」

「關於這個可能性。今天午後二時總督和美國領事將舉行會談。美軍接受英國政府的邀請，已經同意採取防衛香港的基本方針。」

「那太好了。這個基本方針的消息如果傳到北京，相信北京一定會打消攻擊香港的念頭。不過，還是沒有掌握趙紫陽的消息嗎？」

克龐德一直詢問趙紫陽的消息。似乎香港政府也沒有得到任何情報。

「我們一直搜集情報，但是他逃離西安後就行踪不明了。我們也很擔心。」

「如果有什麼消息，趕緊和我聯絡。廣州和深圳的動態如何？」

「許多香港民主同盟活動家進入廣州和深圳，和當地的民主活動家取得聯絡。我們的政府也支援他們，不需要證件就讓他們出國。近日內在廣州和深圳可能會進行大規模反政府集會。」

「和葉選平取得聯絡了嗎？」

「她經常和總督馮定康保持聯絡。他現在正努力掌握廣東省的黨幹部和軍區幹部。相信時機到了就會掌握省政府，對抗北京。」

克龐德又和他們商議了二、三件事後站了起來。這時甘全部長好像想到什麼似地說道：

「對了，克龐德先生，有很多秘密工作人員從北京到香港，以後的行動你要小心喔。對於吳海龍也不要掉以輕心。聽說他和國家安全部的香港機構有接觸。」

「喔！我知道他也協助台灣的情報機構。但是不知道他和北京也保持聯絡，謝謝你的忠告。我會記住的。」

克龐德與二人握手道別。

(8)中國新華社八月二十三日上午八點發佈消息

「對於中國近代化及經濟成長有偉大貢獻的鄧小平同志於二十一日凌晨五時結束了九十一歲的生涯。

鄧小平同志一九〇四年時出生於四川省廣安。一九二二年加入歐洲中國少年共產黨。其前半身獻身於中國人民革命。一九六六年由於偏向右派而遭毛澤東同志批判，從所有公職中隱退。毛澤東同志死去以後復職。採取重視生產力的經濟開放路線。

鄧小平同志的「一國二制」路線引導中國近代化及經濟成長，但另一方面，卻造成與社會主義原則不相容的資本主義階級制度復活，造成經濟不平等及都市和農村間產生極大的差距，使得整個社會腐敗墮落。

儘管如此，鄧小平同志偉大的功績將會長久留在中國共產黨、中國政府、中國人民、中國人民解放軍的記憶裡。

中國共產黨中央委員會、全國人民代表大會常務委員會、中國國務院衷心哀悼鄧小平同志之死，對其遺族表示哀悼之意。

鄧小平同志的葬禮將在八月二十五日於人民大會堂舉行國葬。

治喪委員如下：

楊尚昆　黨中央委員會總書記代理

李　鵬　國務院總理

劉華清　政治局常務委員

張　震　政治局常務委員

喬　石　全國人民代表大會常務委員長

李瑞環　全國政治協商會議主席

遲浩田　國防部長

張萬年　人民解放軍總參謀長

丁關根　政治局常務委員

楊白冰　政治局常務委員

章宗林　政治局員

八月二十三日清晨六點

重重的敲門聲驚醒了北京日本大使館二等書記官仁科。

他住在與大使館相鄰的官舍中。

慌慌張張按下頭上方的電燈開關，看了一下鬧鐘。時間是清晨五時二十三分。

他跳下床，穿著睡衣走向門口。抽開內鎖，將門開了一條細縫。

原來是住在同一官舍的職員武田。

「怎麼回事啊，武田，在這個時候來找我。」

仁科驚訝地詢問比他小三歲的武田。

「外面好吵啊！好像戰車開入市內了。」

「真的嗎？聽說有政變。也許真的是政變吧！」

掌握權力的楊尚昆等人聽說要利用人民解放軍發動政變。二天前這個消息就已經傳遍北京市內。

仁科打算在這天離開北京前往香港出差。仁科先到香港，而林敬明和趙紫陽取得聯絡後也會去香港。仁科在林來之前，要先和在香港的日本領事館工作的佐佐木陽太郎商量關於趙紫陽逃亡日本的事情。

東京外交部對於松平大使的電報的回答是：

「關於趙紫陽逃亡日本的事件，日本政府基於不干涉內政的立場，不能加以支持或援助。」

這個電報在昨天深夜才到達大使館。

日本從明治時代開始，與中國內政有密切關係，甚至陷入中日戰爭的泥沼中，後來又引發太平洋戰爭。對於這一連串的事件深自反省。因此，豎立了絕對不介入中國內政的根本原則。

「仁科，這份電報意味深長喔。政府不支援、不援助，也意味著不阻攔趙紫陽逃亡到日本。這就是一種默許的意思。」

看到來自外交部電報的松平大使自己加以解釋，還是命令仁科幫助趙紫陽逃亡。所以，此番要到香港出差的仁科，是得到大使的允許，要他和林敬明見面，幫助趙紫陽逃亡。

如果發生政變，相信北京機場也會被封閉，如此一來就沒有辦法到香港了。

仁科感到非常慌亂。

到昨天晚上為止，北京市內雖然有改變的傳聞，可是仍然平靜如昔。軍隊雖然在北京郊外伺機而動，但是鄧小平死亡的謠言一般市民早已司空見慣了。似乎對於政治開始不太關心了。

現在一般中國人不太注意政治或國家意識。反而只希望自己有錢就好了，成為利己主義的俘虜。

他們表面上是臉色平靜，但背地裡卻不斷地計算著。

「武田，我要搭火車前往香港。如果中國外交部的林敬明前來找我，就告訴他我住在香港的希爾頓飯店。」

「知道了。不過你一個人去不要緊嗎？」

武田很擔心。

「不要緊。我也是外交官呀！相信中國的公安當局不會對我動粗。對不起，我要去看看北京出發到香港的特快車時間表。你等我一下。」

他又走回放置書箱的地方，攤開中國鐵路局發行的火車時刻表，查看前往香港的火車時間。有一班車六點四十七分出發。

「武田，有一班車六點四十七分出發，我現在趕緊出門還趕得上。你可以開車送我前往北京車站嗎？」

「好呀！我也要去換衣服，準備好了你就叫我。」

武田離去後，仁科趕緊做出發的準備。

清晨六時十分，仁科坐在由武田駕駛的車子的助手席上，離開日本大使館。車子開到鐵門前時，仁科下車打開了門扉。門前右側有崗哨。二名公安警官站在那兒。

「早安。」

仁科用日語向他們打招呼。

二人略微低頭。

仁科鑽入車裡，打算叫武田開車，但是又叫武田停車，為了關門而下車時，一名公安警官關上了門。

「謝謝。」

武田繼續開車，仁科回頭看看背後，看到一名公安警察鑽進了崗哨。

「可能是向公安部通報吧！」

「仁科是負責情報的官員，相信會被公安部盯上。可能到了香港都會被監視呢！」

「你想得還真周到呢！處理庶務的你是不是很羨慕呀？」

「別開玩笑了。仁科，難道你覺得現在的工作很輕鬆嗎？」

「沒這回事。沒有辦法和中國女性約會呀，到處都有竊聽器和攝影機。生活真是很無聊呀！」

二人閒聊時，車子進入建國門外大街。正面看到日本的百貨公司「八百伴」。武田將車右轉。

這時看到一列卡車，朝著天安門廣場的方向高速飛馳而去。

「仁科，政變要開始了。」

這時號誌燈亮起了綠燈。武田跟在軍用車輛的後面前進。因為是早上，車輛比較少。通勤時間是在七點半左右，到時候這條路上就擠滿了汽車和腳踏車。

到了與東長安街的交叉點，看到二輛戰車停在道路的一端，開始盤查。所有的車輛都奉命停在交叉點。駕駛要提出身分證明證。

輪到仁科乘坐的車子了，這時手錶的指針指著六時三十分。只剩十七分鐘了。

仁科一邊看著手錶，心中非常著急。

隔著窗子，他讓士兵看外交官的身分證。士兵向站在較遠處的軍官招手，二人在那竊竊私語著。

似乎是看到外交官專用的身分證明證，正商量該如何處置。

軍官點點頭，士兵毫無表情地將身分證退還給仁科，催促他們趕緊前進。

武田左轉到崇文門內大街，車子加速朝北京車站駛去。

「今後的中國將會如何呢？」

武田感到很不安地詢問著。

「新的體制會得到農民運動和都市的貧民層的支持，壓抑民主開放勢力，也許社會主義的體制會復活吧。或是遭遇失敗而引發內戰狀態。如果是後者，可就糟糕了。對於日本而言，當然不可能隔岸觀火。」

在幾個月以前，大家都認為，即使鄧小平死亡，鄧小平路線也不會改變。但是，這個大變化的關鍵就在於四川發起的農民暴動。好像星星之火足以燎原一樣，不斷朝周邊擴展，現在已經無法收拾了。

可能中國的政治領導部想要以武力鎮壓農民暴動。或是吸收農民層的不滿而抑制改革開放路線也不一定，總之一定會產生激烈的對立。

支持以楊尚昆為主的人民解放軍的一派，一定會壓抑江澤民主席派。

而仁科認為如果楊尚昆一派的嘗試失敗，整個中國都會陷入大混亂中。

北京車站正面廣場也停著軍用卡車和裝甲車，由武裝士兵負責警備。廣場的停車場平日車子擁塞，現在卻一輛車也沒有。可能是禁止停車吧！

仁科讓車子停在廣場前方。

「謝謝。向大使說我到香港去了。到了香港後，我會再和大使館連絡的，拜託你了。」

仁科拿了公事包下車，朝北京車站跑去。

北京車站前的廣場，平常從鄉下到北京的人擠滿整個廣場，只有這天早上很少人。聚集在北京車站，由鄉下到這兒的人一定被趕到其他地區去了。

仁科打算走進車站玄關，而士兵制止他。

「護照呢？」

仁科將外交官用的護照交給對方。士兵一邊比對護照上的照片和他的臉，同時揮揮右手表示他可以通過了。

（警備真是森嚴呀！）

他急忙進入車站內，跑向售票處買了開往香港的特快車的頭等車車票。

正打算走向剪票口時，聽到背後有人叫他。

「您好！您要到哪兒去？」

回頭一看，是一位穿著便宜西裝的中年男性站在那兒。

看他一眼，仁科就覺得他是公安警察。

「到香港。這是護照。」

右手放下公事包，左手掏出護照給對方看。

「是日本大使館的人嗎？」

對方用流暢的日文詢問。

「沒時間了，對不起。」

把護照放入上衣的口袋，趕緊走向剪票口。

讓剪票口的站務員看車票。正才算跑向月台時，回頭一看，先前的公安警察似乎對另一位比較年輕的公安警察在做某些指示。

（也許打算跟踪我吧！）

仁科腦中閃過這個念頭。但只想搭上火車，趕緊跑向月台。

二十二日上午十點時，總參謀長張萬年上將使用軍用電話打電話給張家口的第四戰車軍司令部。

張萬年上將命令第四戰車軍司令陸繼堯中將來接電話。

「我是司令陸繼堯中將。」

神經緊張的陸中將拿起電話。

「我是總參謀長張上將。叛逆者打算掀起暴動。你率領指揮下的第八戰車師團進入北京市內。快點出發。」

「雖然您這麼說，可是口頭的命令我無法實行。」

「事情緊急。稍後會以文書的方式將命令交給你。」

「對不起，這是江澤民主席的命令嗎？」

「不，是我的命令。」

陸中將不願意遵從，因此張萬年上將生氣地這麼說。

「你沒有發動軍隊的權力。」

人民解放軍總參謀長對於人民解放軍並沒有指揮權。總參謀部只是中國共產黨中央軍事委員會的建議機構，能夠指揮軍隊的是黨中央軍事委員會。

「江澤民同志已經被卸除所有職位了。黨中央軍事委員會主席是前上將楊尚昆。我是接受楊尚昆上將的指示，將命令傳送給你。如果你不遵從命令，你將會以反叛罪遭到逮捕。」

張萬年上將以威脅的語氣說道。

「這可是我頭一次聽到的說法，如果江澤民主席從所有地位上卸除職務的話，應該已經發表了呀。但是還沒有進行任何的發表，所以我認為江澤民主席還是黨中央軍事委員會的主席，我無法展現行動。而且你說反叛者計畫暴動，可是根據我收到的情報，反叛的是第二十三軍。」

聽到陸繼堯中將這麼說，張萬年總參謀長很生氣地掛斷電話。

「張總參謀長很生氣地掛上電話。」

靜靜地掛上聽筒，陸繼堯中將回頭看看背後這麼說著。

在那兒站著自己的幕僚及侄子陸永定上校，和前一天晚上坐車從北京軍區司令部逃到這兒來的政治委員谷善慶上將等人。他們很擔心似的傾聽他與張參謀長的對話。

「張萬年這個背叛的傢伙。」

這時谷善慶上將好像唾棄對方似的說著。身為北京軍區政治委員的他，十八日夜晚即將遭到軍區司令部反叛的軍官們逮捕時，在緊急之際逃脫，躲在親戚家中。

谷上將於一九四九年加入共產黨，為戰後的一代。雖是出生於東北地方，為北京人蔑視的「關外人」，但是長時間在廣州軍區擔任政務工作，由江澤民提拔為中央委員、北京軍區政務委員。

因此，被認為是江澤民派系的人物，而面臨遭遇被逮捕的命運。

他換下軍服，穿上普通百姓的便服。昨夜乘坐火車逃到位於張家口的第四戰車軍司令部。

中國分為北京軍區、瀋陽軍區、濟南軍區、南京軍區、廣州軍區、成都軍區、蘭州軍區等七大軍區。

北京軍區又分為河北軍區、北京衛戍區、天津警備區、山西軍區、內蒙古軍區等五個小軍區。

在軍區有掌管軍隊的軍司令部、進行軍隊政治教育和政治指導的政治部，以及負責補給、兵站和訓練工作的後勤部的司令部等。空軍部隊直屬於大軍區的軍司令員。而軍區空軍司令員擁有大軍區空軍司令部，統率空軍部隊。

軍區政治委員從軍區司令部中獨立出來，聽從共產黨中央委員會的指揮，與軍區司令員並駕齊驅。

政治部監視人民解放軍幹部們的思想動向等。但是卻沒有察覺這次的政變，谷上將覺得這是自己的一大失敗。

「這是我的失誤。北京軍區司令部的作戰部部長白烈孫上校是這次政變的計畫者。他在本月初開始計畫。白烈孫等中堅幹部經常與總參謀部的張基偉作戰部長接觸，雖然我接到這個報告，可是並沒有詳加調查，也未向國家主席江澤民報告。不，我曾經向總政治部主任于永波報告人民解放軍內部的不穩定狀態。但當時于永波上將卻說不用擔心。我根本不知道于永波上將也是反叛者之一。」

谷善慶上將非常懊惱地說道。

令他深受打擊的是部下副政治委員魏道明中將竟然依附在政變的那一方。

而且政治部幾乎所有的軍官都不反對政變。似乎所有人民解放軍都對江澤民主席感覺不滿。一大動機就是人民解放軍軍官的薪俸太少了。

經濟開放政策造成了「金錢代表一切」的風潮。而與共產黨地方幹部勾結的事業家們一夜成金，出入乘坐高級車、在外國人出入的高級飯店裡吃飯。一週內就能賺到人民解放軍軍官一年薪俸的事業家非常多。

在這股風潮下，人民解放軍的中堅份子們心中當然憤憤不平。

因此，當鄧小平病重、四川省農民暴動，都成為引發不滿的關鍵。

「這不是你的責任。我也不知道這麼回事。已經利用無線電和瀋陽軍區的王克司令和廣州軍區的李希林司令取得聯絡。他們也決定要和反叛者作戰到底，你也要拿出勇氣來，和國內的同志聯絡。」

陸中將鼓勵他。

陸中將在二十二日上午命令第四戰車軍的第八戰車師團的一部分朝北京出發。這個部隊在沙河鎮被第二十三軍的第三十一師團阻止，雙方對峙。

二十三日上午，有電話打到在張家口軍司令部努力收集情報的陸中將處。

參謀吳健一上校趕緊跑到電話旁。

「我是韓中尉。」

打電話來的是在北京市和郭少校一起調查情勢的韓中尉。

「我是吳上校。市內的情形如何？」

「第二十三軍的二個師團進入北京，駐守市內要地，宣布戒嚴令。一般民衆非常平靜，但是武裝警察和公安部隊等進入北京大學等主要大學。民主派的學生們陸續遭逮捕，並沒有引發衝突。」

「好，知道了。還有什麼事，趕緊報告。」

吳上校掛上電話。

「第二十三軍占領北京市內的要地，宣布戒嚴令，該怎麼辦？」

吳上校向陸中將報告。

昨天深夜，他們就已經在商議如果第二十三軍進入北京市內占領要地，第四戰車軍該如何應付。

陸永定上校主張第四戰車軍應該立刻開往北京，逮捕反叛者。

北京西南的苑平有第十八軍駐守。與沙河鎮的第二十三軍都是首都防衛部隊。

第十八軍的軍司令員沈世昌中將已經被依附政變部隊的部下軟禁。根據情報顯示，軍區空軍也遵從總參謀長張萬年的命令和指示。

在北京周圍，似乎只有陸中將的第四戰車軍反對新的領導部。一直判斷自己會有更多部隊同志的陸中將似乎計算錯誤了。

「王克將軍的瀋陽軍已經南下了，在此之前我們還是觀察情形好了。」

無助的陸中將這麼說。

「如此一來反叛者就更會站穩腳步，對我們就不利了。年輕軍官中支持楊尚昆體制者並不少，士氣已經衰敗，還有逃亡者出現，應該趕緊進攻北京。」

陸永定上校想要說服叔父。

「上校說的對。陸中將，朝北京進軍吧！趕走第二十三軍，逮捕反叛者們。」

谷上將也支持陸永定上校的意見。

「知道了，我們就前往北京吧！」

陸中將也下定決心，率領留在駐屯部的部隊，打算出發時，接到鄧小平死亡的消息。

(9)八月二十三日　美國大使發給國務院極東課的緊急電報

「極秘

NO・5205

二十三日上午十時，本人以電話和中國外交部的外交部長錢其琛會談。後來中國外交部北美局的劉銘樞局長打電話來，請本人在下午二時到外交部去。

下午二時，本人帶一等參事官亞朗庫帕前往中國外交部。外交部長錢其琛與劉銘樞局長一起出巡，但臉色不好，非常凝重的表情。禮貌性地招呼之後，本人告訴對方現在北京發生的事情就是政變，不僅美國政府，全世界都感到遺憾。

對於我的說法，錢其琛則說，北京須布戒嚴令是為了阻止假借民主化之名的不滿分子的無秩序暴動，並不是西方報導機構所說的政變。

本人則詢問，媒體報導江澤民主席已經死亡，是否為事實。如果還活著，是否執掌政務，他應該要現身才能使國民安心。這番話似乎使他感到很困擾，思考了一陣子之後告訴我，國家主席江澤民罹患肺炎，目前住院，待其恢復健康後，當然會重新執掌政務。

同時他說，計畫顛覆國家的犯罪者們躲藏在美國大使館內，感到非常地遺憾，希望能將他們交還給中國。對於這番抗議，本人則說他們是為了逃避政治的鎮壓而逃亡的民主運動家，保護他們是理所當然的事情。

錢其琛說，中國政府不允許外國干涉內政。如果美國政府一定要干涉內政，對於兩國的關係將導致嚴重的後果。希望本人將這番話原原本本地傳回美國政府，會談至此暫時打住。」

八月二十三日上午九時

當邁爾茲•克龐德進入在香港政府大樓別館五樓的會議室時，陳雁壯已經在等待他了。陳是葉選平的秘書。

「你好，克龐德先生。」

看到他時，她笑臉相迎。

站起身來的這位女性穿著藏青色的西裝褲，克龐德色瞇瞇地看著她那一雙修長的腿。

「妳好，知道是位女性，我感到很驚訝呢！」

二人握手，面對面坐下。

從吳海龍處接到消息，聽說葉選平的秘書為了與他取得聯絡而從廣東到這兒來。克龐德當時以為是一位男性。

沒有想到出現在眼前的卻是二十五歲左右，身材苗條的美麗女性。

葉選平具有極大影響力的廣東省，以往就與北京不同，具有獨特的文化及經濟構造。

廣東位於中國南方的沿岸，從十五世紀開始與東南亞一帶進行廣泛的貿易活動。與葡萄牙、荷蘭、西班牙等商人最初接觸的就是廣東人。

擁有豐富的商才、充滿進取心，自由獨立的氣概即高的葉選平，在六十幾歲時被任命為廣東省長。他採取經濟開放路線，致力於廣東省沿岸部的經濟開發。廣東省的個人所得高於其他各省。在沿岸，西歐化的傾向加速進行。

美國國務院為了對抗中國的保守派，想要進行帕爾巴克作戰，想要推趙紫陽為新的領導者，而葉選平為趙紫陽的強力後盾。

「可不可以讓我看看證明你是葉選平先生秘書的證明呢?對不起，我必須很謹慎。」

「懷疑我嘛。」

她微笑著從手提包中取出名片。

「這是名片。這是我和葉選平先生一起合拍的照片。這是葉選平先生的委任信。」

她將名片、照片及由葉選平簽名的委任信遞給克龐德。她的確和葉選平一起拍照，但是簽名的筆跡是否真為葉選平的筆跡他不得而知，因為克龐德沒有看過葉選平的筆跡。

「先前得知鄧小平死亡的消息。而新的領導部也揭下神秘面紗。四川省農民運動的領導者覃宗林成為政治局員，同時也是治喪委員，令我感到很驚訝。」

克龐德只把照片還給她說道。

他覺得應該要相信這位女性。

「他們可能判斷無法壓抑貧農層的暴動，因此只好讓步。葉選平說，中國會回到二十年前的景象。」

「北京已宣布戒嚴令，逮捕民主派的活動家。廣州的情形如何呢？」

「正計畫大規模的反政府集會。葉選平建立華南臨時政府，並打算擔任其代表。同時也得到廣東省長朱森林、省委員會書記謝非，及軍區司令李希林上將的支持。被視為北京派的軍區政治委員史玉孝上將將被逮捕。」

「如果臨時政府成立，美國政府一定會全力支援。請把這件事告訴葉選平先生。但是必須轉移為複數政黨制，同時保證自由民主制度。」

「克龐德先生，我會將你的提議告訴葉選平先生。你所說的複數政黨的實施、民主自由憲法的制度等等，我們也不反對。但是問題是，如果葉選平先生和北京新政府對抗，美國到底能支援到何種地步。我們懷疑美國真正的目的，是希望中國分裂成像蘇聯解體般。」

美國國務院要求中國和西歐的民主國家同樣地制定憲法，排除共產黨一黨獨裁制，轉移為複數政黨制。要求建立自由民主主義及基本人權的制度。認為讓中國建立這種制度是美國的國際使命。

「美國政府不希望中國分裂。美國國務院害怕的就是這種事態。因為中國的政治混亂對於亞洲及全世界都會造成極大的影響。請您想一想：十二億人民中有一億流出國外時，這一股難民的洪水必須由周邊諸國一一加以吞下。現在發生於北京的事情在我看來就好像是走入毀滅之路一樣。」

「葉選平先生也擔心這件事情。但是他能夠依賴的軍隊有限。軍區司令和空軍司令似乎支持葉選平先生，但是南海艦隊司令部就不得而知了。因此葉選平先生為了與北京新領導者們對抗，一定要擁有軍事的強烈後盾。美國能支持到何種地步，以及對於這些支持美國希望能擁有哪些擔保，都是我們必須了解的。」

「美國一定是全面的，也就是說在覺悟到與中國的戰爭下，支持葉選平先生。此外，美國政府不希望擁有任何的擔保，也就是說，不需要領土權益或賠償金。美國政府唯一關心的是到目前為止到中國投資的事業是否能保存。貸款給中國政府的巨額援助金是否能平安無事地償還。中國的國內安定及中國的民主化的進展如何，才是我們關心的問題。」

事實上，美國政府並沒有想要占領中國領土的野心，也沒有奪取權益的野心。美國只希望鄧小平死後，中國不要再回到昔日封閉社會主義經濟國家的老路上而已。

「那麼趙紫陽現在在哪兒呢？」

對方詢問。

也就是說，葉選平尚未和趙紫陽取得聯絡。

「我們美國外交部也不知道他在什麼地方。雖然知道他離開四川省，但是後來就行蹤不明了。我也想和他取得聯絡。」

「只知道他在武漢下火車。可能是搭乘火車時被車上的公安發現了。」

「很擔心他已經被反叛者逮捕了。」

「如果是這樣的話，消息應該會傳到葉選平先生的耳中。但是還沒有聽到這樣的情報。他可能還潛伏在武漢附近吧！」

「如果趙紫陽先生不行的話，葉選平先生一定要成為中國新的領導者。葉選平先生是否有這樣的決定呢？」

「葉選平先生似乎還沒有辦法擔負起這項任務。北京的人恐怕也無法接受他。葉先生被視為過度激烈的開放論者，穩健派的人會拒絕他。」

「喔！當務之急就是要找到並保護趙紫陽先生。我這方面會努力去找他，你們也要去搜尋他。同時我也會和本國政府取得聯絡，在進行軍事抵抗時直接間接地支援你們。」

克龐德透過吳海龍向對方說明，自己是帶有美國國務院秘密任務的外交官。

而對方對此似乎深信不疑。

「廣東省的企業家對於北京發生事情都產生危機感。害怕喪失自己以往辛苦建立的經濟地位。此外，也害怕回到過去貧困的生活中。擔心儲蓄及個人財產會被沒收。因此廣東省的居民一定會支持葉選平先生。此外，上海和沿岸都市為了急速和北京新領導者對抗，也開始建立政治組織。我今天回到廣州後，會將與您會談的結果報告葉選平先生。」

「希望能再見到你。」

「下週我還會來香港。此外，如果有趙紫陽先生的消息，我也會和您聯絡，不知道到時候會變成何種狀況呢！」

她似乎感到很不安似地。臉上表情凝重。

「到時候就知道了。你的家人呢？」

「我和父母及弟弟一起住。克龐德先生呢？」

「我是單身漢。唯一的哥哥在波斯灣戰爭中戰死。父親於十八年前遭遇交通意外事故而死亡，母親在三年前因為心臟病發作而逝世。離婚的妻子帶著二個孩子。」

克龐德苦笑說著。

擔任CIA的職員支領薪水，按照上級的指示工作而已。而個人認為不管中國是社會主義或資本主義都無妨。即使中國大紊亂會給予世界很大的衝擊，或是跌入谷底，對他而言根本就不算什麼。他認為只要保住自己的命就夠了。

「你不寂寞嗎？」

「嗯，有時候會感覺孤獨。但是工作和興趣能瀰補這一切。」

「你的興趣是什麼？」

「釣魚呀！老了以後，我要住在阿拉斯加附近，每天和愛斯基摩人一起釣魚。回廣州之前一起吃頓午餐吧！你覺得如何？時間還早嘛！」

這時是上午十點半。

此外，克龐德覺得今天才見到的這位女性就和她分手，似乎很遺憾似地。不希望和對方只是工作上的對手，希望能擁有更進一步的人際關係。

「好呀！」她看看自己的手錶以確定時間，答應了克龐德的邀請。

（10）八月二十四日　AP特派員電　北京發出

「八月二十三日上午八時，中國人民共和國政府由於學生及不滿分子計畫顛覆政府的暴動，因此下令逮捕其領導者，同時北京市戒嚴。

根據北京市公安局局長安康一的說明，北京大學和北京師範大學的學生和教授們成立『民主救國委員會』，計畫於二十三日夜晚發起暴動。希望這個計畫能挑起在北京所有大學的武裝暴動，發動第二次天安門事件，占領政府官廳，預定放火。

二十三日遭逮捕的學生和知識分子大約為三百名。有幾名學生因為拒捕而遭射殺。」

八月二十四日下午一時

從北京開來的特快車到達香港車站。

日本大使館二等書記官仁科治彥提著原本放在膝上的公事包走出火車，走向出口。混入其他乘客中走上月台，回頭一看。

在五公尺後方有一名男子混入人群中。就是從北京車站開始一直跟踪他的中年公安刑警。

二人視線相遇時，公安避開目光。

（唉呀，真是辛苦了，我是外交官，你又為什麼來到香港呢？一定是跟踪我而來的吧！難道你們已經知道我的計畫了？看來今後的工作將更難進行了。）

眾人在月台上慢慢前進，走向剪票口。

一腳踏出車站，看到香港的市街似乎也顯現出一種不平靜的氣氛。整條街道上覆蓋了一種令人不安的感覺。

二天前，在香港舉行過反對北京政變的大規模抗議集會及示威遊行。街道上似乎仍殘留餘韻。

外交部長錢其琛認為香港的抗議、暴動的背後，是由英國和美國陰謀操縱，而引發不滿分子暴動。

仁科在車站前攔了一部計程車，請對方先載他到香港的日本總領事館。

在海岸附近的日本總領事館門前下車的他，讓大使館所雇用的中國警衛看他的身分證明證後，進入玄關。

以前曾來過香港總領事館五次，所以知道裡面的情況。

他走在水泥車道上，再進入白色總領事館的玄關。

他出聲招呼坐在櫃台的年輕中國女性職員。

「你好。」

這是他認識的女性。二人曾在領事館附近的中國餐廳吃飯。

對方笑著對他說：

「你好。」

「佐佐木二等書記官在嗎？」

「應該在。我和他聯絡一下，您稍等。」

她撥了內線電話。

「仁科先生從北京來了，要如何處理呢？」

佐佐木好像說他會前往櫃台來，於是這位女性說「知道了」後掛上電話。對仁科說：

「他會到這兒來。」

「好呀！我上去找他好了。你今晚有空嗎？」

他大膽地詢問對方。

她臉上露出曖昧的表情只是微笑，什麼也沒說，似乎沒有斷然拒絕。

仁科在心中想著「可能不行吧！」走向正面右側的樓梯。

佐佐木在領事館三樓的北側有自己的辦公室。自己一人在香港負責情報搜集的活動。

爬上二樓樓梯時，正好遇到佐佐木。

佐佐木畢業於日本的私立大學，是無學歷的外交部職員。大學時曾參加橄欖球隊，身高超過一百八十公分，體重將近一百公斤，是位壯碩的男子。半年不見，似乎又胖了。

「呀，你來啦，我正要去迎接你呢！」

「怎麼好意思讓前輩來接我呢？我自己上來吧！」

「是嘛！來吧！」

佐佐木向仁科擺擺頭，將他帶往位於三樓的辦公室。

如果以榻榻米計算，這是四個榻榻米大的小房間。北側有個小窗子。旁邊有木製的桌椅，背後則有書架及不鏽鋼製的檔案櫃。

桌上有一部個人電腦。

佐佐木取出折疊式椅子，拉開後放在自己的椅子旁邊。

「沙發太占地方了，因此沒有準備沙發。到這兒坐吧！要不要來杯即溶咖啡呀？」

「不，不用了，你待會要出去嗎？」

「當然囉！中國真是太厲害了。根據報導，江澤民被射殺了，是真的嗎？」

從口袋裡取出煙來，佐佐木詢問著。

「雖然還沒有確定，不過根據來自中國外交部的情報，似乎他不願意被逮捕而自殺了。副總理朱鎔基逃到上海。上海是朱鎔基的出生地，應該會躲在朋友那裡。」

「你應該知道昨天的消息吧！是鄧小平死亡的消息。北京已經在軍隊的戒嚴令下，大量逮捕民主派活動家。上海的民主派學生襲擊市政府及黨本部，似乎已占領了這些地方。逃到上海的朱鎔基好像也出現，呼籲學生們拿起武器與反叛者作戰。」

「關於鄧小平死亡的消息和戒嚴令的傳說我是在火車上聽到的，不過上海事件我還不知道。香港的情形如何呢？」

仁科在火車上聽到中國人談論鄧小平死去的消息，及北京的戒嚴令。

「前些日子的大規模抗議集會據說今天還要再舉行。香港政府準備收容政治流亡者。因為開放經濟而成為資產家的實業家們似乎也要逃亡了。也有人說不能收容流亡者及所有的難民。此外也有人擔心中國的軍隊會以武力占領香港，因此也有人要逃離香港。飛機票在二週前就已經賣光，不能預約了。此外也好像向英國及美國請求防禦香港，可能中國軍隊會進駐香港吧！」

「喔！這我可就不知道了。有人說中國新的領導部打算聚集國民，發動與美國的戰爭，也有人說是美國要挑起與中國的戰爭。」

仁科感到很懷疑地說著。

「如此一來，就令人擔心了。」

「什麼事呀？」

「有一位在香港經營貿易公司叫做克龐德的美國人，事實上是CIA的工作人員，這是我聽美國領事館的朋友說的。這位男性好像在從事某種工作。可能前天的大規模集會就是克龐德暗地裡策畫的呢！」

「在香港的CIA到底有什麼打算呢？」

仁科驚訝地瞪大眼睛說著，可是後來想想，這也沒什麼可吃驚的。

美國和中國這幾年來外交關係一直趨於惡化。居住在美國的多數華僑說客，有的希望柯林頓政權能夠使得中國民主化實現。

此外，近年來台灣的電子相關產業急速成長，與美國電子產業具有密切關係，這也是理由之一。

而近年中國急速推進軍隊的近代化、長距離彈道飛彈、航空母艦及大型水上戰鬥艦的開發，也是理由之一。

蘇聯解體後，美國對於未來的假想敵國——中國時時抱持警戒之心。目前情況發展至此，是美國最害怕的事態。

我想ＣＩＡ當然會進行某些工作。

「我的朋友有香港黑手黨的幹部。根據他說，他們一派的大老吳海龍最近來回奔波，似乎是ＣＩＡ的協助者。」

「原來如此。這麼說來，昨天的抗議集會或許是ＣＩＡ計畫的。到底是什麼目的呢？」

「當然是希望在香港發動大規模反中國運動。如此一來就會影響中國的北京、上海、天津和南京等大都市。雖然現在中國的報導機構並沒有發布消息，不過，我想南京、天津、上海都已經掀起了民眾的抵抗運動吧！北京則只能藉著軍隊來壓抑民主派。」

「說的也是。我離開北京時，人民解放軍的戰車和士兵們在市內的要地警戒。對了，佐佐木，你有沒有聽說關於中國前國家主席趙紫陽的消息呢？」

「我也努力尋找他。不過據說他從西安逃出來後，就失去消息了。根據今天早上這邊的報導，他在火車上被公安發現，遭逮捕了。」

佐佐木拿起胡亂堆放在桌旁的報紙，找出這段報導，然後拿到仁科的眼前。

「你看，就在這兒。」

佐佐木指出報導給仁科看。

仁科看著英文報的報導，的確記載著這件事情。

「如果這是事實，那麼我特意來香港就沒有意義了。事實上，趙紫陽身邊中國外交部的職員請我幫忙趙紫陽逃往日本，需要我從香港將他帶走，因此我才到這兒來的。」

「喔！這是很有趣的工作嘛！」

佐佐木瞪大眼睛，故意做出誇張的驚訝表情。

雖說是外交部調查課的職員，可是不像電影或小說情節的情報員一樣，能夠展現活躍的情報活動。在香港這個狹窄的地區，佐佐木每天要做的就是看香港所發行的主要報紙，寫報告，送到外交部調查課。只是做這種辦公室的工作而已。

當報紙和電視的報導不足時，則必須前往香港總督府、香港政府、見香港的政治家和知識分子，直接和他們談話，這也不過是一些輔助性的工作而已。

總之，他能自由使用的活動費非常少。

「如果趙紫陽逃到香港，我希望能和他取得聯絡，所以到這兒來。佐佐木，你也會幫我吧!?」

「當然會幫你。是否得到東京外交部的同意呢？」

「我和北京的松平大使商量。外交部似乎不表贊同，但是我們還是打算幫助趙紫陽先生。松平大使已將一切事情向外交部報告，請求允許。不過對方的回答卻是表面上不支持。」

「每次遇到事情，外交部幹部總是優柔寡斷。應該看清中國的情勢考慮損益得失嘛，你們打算怎麼做呢？」

佐佐木感嘆東京外交部的態度之後，詢問如何幫助趙紫陽逃往日本。

「這件事我們待會再談。二人邊吃飯邊談，你覺得怎麼樣？」

仁科邀請佐佐木共進午餐。雖然已是下午二點半，可是二人都還沒有吃午飯呢！

(11)「大連日報」的報導

「八月二十四日，中國共產黨遼寧省委員會書記顧金池，被瀋陽黨委員會本部遼寧省公安部懷疑貪污瀆職而遭到逮捕。由遼寧省長聞世震代表他的職務，並兼任黨委員會書記。

遼寧省長聞世震對於鄧小平同志之死深表哀悼之意。同時強調鄧小平先生的經濟開放路線不變，認為想要壓抑這種路線的作法是使歷史倒退的作法，因此斷然加以反對。

他認為北京現在進行的事情就是一種反叛。認為東北地方的黨、國家行政機關、人民解放軍及人民，應該一致團結抵抗。

瀋陽將於本日中召開遼寧省、吉林省、黑龍江省的東北三省委員會書記會議。同時瀋陽軍區司令王克上將下令瀋陽軍進入非常警戒體制。」

八月二十四日上午十時

「攻擊！」

在戰車長的號令下，八○型戰車的備砲發射砲彈。

這是八月二十三日下午二時的事情。

隸屬第四戰車軍的第八戰車師團第二十一戰車連隊，在沙河鎮前方三公里的位置被步兵第三十四師團阻擋進路。

連隊長立刻請求張家口陸繼堯中將的指示。陸中將的命令是「在現在的位置待命」。

後來第二十一戰車連隊和步兵第三十四師團就互相對峙。

二十三日正午，陸繼堯中將和司令部幕僚及第九戰車師團從張家口來到沙河鎮。陸繼堯中將派遣陸永定上校前往第三十四師團司令部交涉，請求對方讓第四戰車軍通過。

步兵第三十四師團屬於陸永定上校所服務的第二十三軍。師團司令部的人都認識陸永定上校。但是奉師團長的命令，不能讓第四戰車軍通過。

因此，陸中將在二十三日下午二時決定全力突圍。

最初的砲擊只是威嚇，砲彈落在距離二千公尺的大地上，揚起煙、土、砂塵。因此步兵第三十四師團準備迫擊砲和對戰車飛彈應戰。

成戰鬥隊形的第九戰車師團的五十輛八○型戰車，朝向步兵第三十四師團的第一線陣地進行砲擊。

連續十五分鐘的砲擊。在這期間，第二十一戰車連隊往右繞到步兵第三十四師團的背後。觀察到這一點的步兵三十四師團開始後退。

第二十一戰車連隊加以追擊、驅散。第八戰車師團與第九戰車師團輕易地突破關卡，朝街道前進，傍晚時抵達北京郊外。

陸繼堯中將下令當晚在此紮營，派遣偵察部隊到市內偵察。得到的消息是第二十三軍指揮下的第十二自動車化師團與第三十一步兵師團在市內。此外，苑平的第十八軍也朝北京前進。

第十八軍是新領導部知道第四戰車軍朝北京進發的消息後，為了加以對抗而召喚前來的。

到了二十四日早晨。

從人民解放軍總參謀部騎著摩托車的傳令兵，進入第四戰車軍司令部，將中央軍事委員會的辭令送交給陸繼堯中將。

「這是人民解放軍總參謀部送給閣下的文書。」

摩托車傳令兵伍長直接被帶到陸繼堯中將處。敬禮之後打開皮包取出辭令，交給陸繼堯中將。

陸繼堯看了辭令後，「哈、哈、哈」豪爽地笑著。

「八月二十三日任命第四戰車軍司令官陸繼堯中將為吉林戰車學校校長。

中國共產黨中央軍事委員會議長　楊尚昆」

他將辭令捏成一團，丟到三公尺遠處。

「這只是一張破紙，想要除掉我，這傢伙真可笑。你告訴楊尚昆，想要卸除我的職務，叫他直接到這兒來告訴我。」

他並用髒話辱罵對方。

「你不簽名嗎？」

伍長戰戰兢兢地問著。

「簽名？在我殺掉你之前趕緊滾回去吧！」

陸中將瞪著伍長怒吼著。

伍長慌忙敬禮後，右轉跑向摩托車，騎上車子逃之夭夭。

昨夜，中將讓部下陳少校帶信給北京的總參謀長張萬年。

批判這次的軍事政變，要求解除戒嚴令，立刻釋放被逮捕的政治犯。

回答則是要他擔任吉林戰車學校的校長，是左遷的辭令。

可能傳令兵會回到人民解放軍總參謀部，將先前發生的事情報告長官。

陸繼堯中將不知不覺中成為反對新的領導派的救世主。香港的北京觀察者認為第四戰車軍司令官陸繼堯中將似乎反對、抵抗新的領導部。這些情報在西方媒體中大肆報導。偷偷收看西方衛星傳送的中國人，將這個情報散布在中國國內。

陸繼堯中將應該也感覺得到這些反應。

在北京，傳聞第四戰車軍是為了趕走制壓首都的第二十三軍而來此攻擊。

因此，相信這些情報而前往陸中將處請求支援協助的人非常多。此外，附近的居民也歡迎他。送來一些食物、飲料及提供情報。

二十三日夜晚，北京市長也逃來了。一些第二十三軍的軍官們也來到他這裡。黨的中堅幹部也有七、八人到他這裡避難。漸漸地，司令部聚集了四十幾位政治家和軍官，成為反對新領導部的抵抗據點。

這些人異口同聲請陸中將進軍北京，與新的領導部作戰。

「請吳健一上校和陸永定上校來。」

陸中將吩咐副官請參謀吳健一上校和侄子陸永定上校到辦公室來。

二人立刻來到司令部所在的建築物。

「先前人民解放軍總司令部送來辭令，任命我擔任吉林戰車學校的校長。我把辭令揉成一團丟了，也拒絕簽名。事已至此，除了與他們作戰之外，沒有其他路可走了。問題是該怎麼做。也就是說要率領第四戰車軍進擊市內中心部，還是在此等待他們前來攻擊，我想聽聽你們的意見。」

「進入市內進攻中心部，會使一般市民也捲入戰爭中，同時對於建築物的破壞嚴重。空軍加入反叛者行列，我們得不到空軍的支援，一旦把二十三軍趕出北京，恐怕也無法長期維持北京。北京市內一些未得到經濟開放政策恩惠的貧困層的人，狂熱地支持新的領導部。這種過激化的市民可能會成為我們的敵人。因此，必須在此準備對方的攻擊，等待情勢好轉。」

常識派的吳健一上校反對進軍北京。

「陸永定上校，你覺得如何呢？」

陸中將詢問侄子。

「廣州的葉選平先生宣布反對反叛者。而反叛者似乎也準備攻擊廣州。我們並不是孤立的。我們一旦占領北京後，廣州東軍區也會揮軍北上。而王克上將的瀋陽軍也可能南下。現在由於戒嚴令而使得市民的反對運動受壓抑。我們一旦解放北京，一般市民就會成為我們的同志。空軍也不是一致團結地加入反叛者的行列。一定有一些空軍部隊願意加入我們這一邊。我認為應該立刻向市內攻擊。」

「不，我擔心的是大規模的內戰。第四戰車軍如果攻入北京市內，藉此收拾混亂還不要緊。但問題在於是否能壓抑農民暴動呢？人民解放軍的士兵們大多是農村出生者，有很多同情農民運動者。四川軍區也有很多逃兵加入農民暴動。」

「那麼，軍司令員閣下到底有什麼打算呢？」

陸永定上校詢問叔父。陸永定上校對於叔父進攻北京的決定躊躇不決，似乎感到有點焦急。

「如果進入市內，就會造成市街戰。不只是第二十三軍，同時也會與第十八軍對陣，這種破壞與損害實在超乎想像。如果進入內戰狀態、國土分裂時，就好像清朝末年，外國勢力會前來干涉一樣。我所擔心的就是這一點，盡可能和平解決。」

「叔父，到了這兒來難道你還猶豫嗎？你想他們一旦掌握了權力可能放手嗎？」

這時有一位軍官跑了進來。

「空襲了。」

四架殲擊8型對地攻擊戰鬥機出現在上空。

殲擊8型是中國獨自開發的戰鬥攻擊機。現在出現的是改良機8型Ⅱ機種。

電子機器是由外國公司提供，而火器管制系統也是由外國公司提供的。

戰車師團配備自走式高射砲及HQ61二連裝自走式地對空飛彈，以防來自空中的攻擊。恰巧這天上空四千公尺處都被雲覆蓋，因此，等到四架戰鬥機從雲中急速下降時才察覺到。

四架戰鬥機高度急降到一千五百公尺左右，對地面發射九十釐米對地火箭彈，同時發射二十三釐米機關砲。

「地下室，逃到地下室避難。」

吳健一上校對陸永定上校叫著。趕緊收拾放在桌上的地圖和文件。

這時在較遠處傳來爆炸聲，地面一陣晃動，連窗子的玻璃都彈起來了。

暴風從窗外吹進來，但是不太嚴重。

「答、答、答、答」聽到機關槍的聲音。

轟隆的聲音自頭頂通過。空氣都震動了。

接著有另一枚火箭彈爆炸，地面晃動。

二人跑到走廊。很多軍官和下士官兵都在走廊下跑動。

「地下室，快到地下室避難。」

在遠處有人叫著。

「長官，到地下室避難吧！這是北京第一一八戰鬥機連隊的戰鬥機。」

吳上校對於陸繼堯中將如此鎮靜的態度感到很驚訝。

「這些反叛者比我預料中更早發動攻擊。」

「可能是威脅吧！不久後可能會出現更激烈的空襲。」

吳上校的聲音，被朝空中發射的高射砲及機關砲的發射聲遮蓋住。

火箭彈又落在某處。

耳邊不斷傳來警報聲。

三人跑向地下室。

「我決定了。空襲過後立刻進攻市內。反叛者一個也不留。一個也不能留。」

陸繼堯中將很生氣地說著。

(12)CNN電視台北京分局員肯尼斯・馬肯吉的報導

「……街角出現戰車。呀,又一輛。砲身朝向此處,士兵叫到,太危險了,於是我下來。

第四戰車軍似乎由北京市的北與東朝市中心前進。朝和平里車站北方一英哩處的七聖路,市民可能去避難了,都不見蹤影。

政府方面的武裝士兵所在之處都有戰車等待,帶著攜帶型對戰車飛彈。

先前聽到爆炸聲,好像是一輛戰車被對戰車飛彈破壞的聲音。

似乎是由道路對面的建築物發射出來的。

戰鬥機來了,急速下降,發射火箭彈。

咻!機槍彈從我的頭上掠過,造成地面晃動,步行不穩。

對面大樓背後的黑煙冉冉上升,可能是火箭彈炸開了。

二輛戰車並排緩慢前進,在其後方還有戰車。砲塔不斷地旋轉。攻擊。

攻擊了。砲彈飛入發動機關槍攻擊的大樓窗户，爆炸了。戰鬥轟炸機投下炸彈。在北方二英里處。煙不斷地往上冒，真是太厲害了。

第四戰車軍一直朝市內中心部前進，政府預定本日舉行的鄧小平國葬暫時取消，呼籲市民們拿起武器來。

這是內戰，令人難以置信！」

八月二十五日晚上九時

中國南方航空的客機飛抵廣州白雲機場。這是離開香港四十分鐘後的事情。

坐在頭等艙的克龐德在客機停下後，機內廣播拿下安全帶時，去除安全帶站了起來。從頭上方的行李架拿出豬皮製的皮包。

前一天晚上，吳海龍打電話到他所住宿的希爾頓飯店。原來是葉選平的秘書陳雁壯與住在廣州的吳海龍部下聯絡，說趙紫陽出現在廣州了。

克龐德決定立刻前往廣州。

這一天早上一大早就取出進入廣州的護照。從香港啟德機場搭乘飛往廣州的客機。以往他假裝為商人，在中國國內旅行過好幾次。

客機抵達廣州白雲機場是晚上六時的事情。雖然來過這個機場好幾次，可是覺得這天人影稀少。然而，公安卻比平常更多。

入國的通關手續，因此檢查非常簡單。可能出國者的檢查比較嚴格吧！這是克龐德的猜測。

這裡是開放的廣州，出入國的檢查可能比較鬆懈。如果是北京或南京等都市，恐怕就不可能這麼簡單地進入國境了。

克龐德在機場外的計程車招呼站搭上計程車。告訴駕駛把車開往事先用電話預約的花園飯店。

花園飯店是在開放政策下，於一九八五年由香港投資開幕的大型飯店。

廣州市內的商店和大樓，為了哀悼鄧小平之死都降半旗。

聽說二十四日時，市民對於北京的政變舉行抗議集會，但是他所看到的卻是市內平靜的景象。

不過，在二十三日面對外國的記者們。

「鄧小平死後，廣州的經濟開放政策不變。」

廣東省廳的發言人做了如此的陳述。而北京新領導部表明態度，即使回到昔日的社會主義經濟政策，廣東省依然會推進經濟開放政策。

香港的報紙和電視則報導葉選平和廣州軍區司令等軍隊幹部們開會，要求他們不要遵從北京的新領導部，而遵從他的指揮。

到達花園飯店的克龐德辦妥手續後，進入位於二十一樓的房間。

把公事包放在衣帽間，走出房間來到一樓的大廳。打公用電話給陳雁壯。不使用飯店房間的電話，是因為避免電話被竊聽。

「你好，這裡是廣州貿易協會。」

年輕女性接線生的聲音從電話那頭傳來。

過了十分鐘，陳雁壯才來接電話，克龐德覺得時間已過了好久，內心焦躁地等待著。

「你好，我是陳雁壯。」

「我是克龐德。我現在位於花園飯店，房間號碼是二一一七。我們可以共進晚餐並聊天嗎？」

「好的！」

「那麼，七點時我在大廳等你。」

克龐德簡短地和對方約定後掛上電話。雖然和她分手是在二天前，沒想到這麼快就能再見到她。

克龐德的內心似乎已經深受她的吸引。

到了約定的時間七點時，她出現了。

克龐德帶她到飯店中的牛排店。

「要不要喝一杯呢？啤酒還是葡萄酒？」

「喝葡萄酒好了。」

葡萄酒送來後，二人乾杯。

「沒想到這麼快就再見到你。」

克龐德雙手拿著酒杯，對她說。

她略微點頭。

「我也這麼覺得。」

「等到事情辦完後，我們再好好地享用一餐吧！趙紫陽先生真的出現在廣州了嗎？」

這時她環視餐廳內的情形，然後點點頭。

「趙先生的朋友把消息送到葉選平先生處。據說趙紫陽先生現在藏在朋友家。」

「知道地點嗎？」

「嗯，也知道和朋友聯絡的方法。聽說北京的秘密警察已經到廣州來了。如果趙紫陽先生被他們發現，可能會被射殺。」

「我想早點見到他。關於對葉選平先生軍事援助的事情，我已經向國務院報告了。

可能會有好的結果。葉先生的居住地方安全嗎？」

「不能算是安全。北京的領導部聽說已命令秘密警察要將其逮捕。不過他有保鏢保護，應該不要緊。」

「葉先生所提出的華南臨時政府的構想，情形怎麼樣呢？」

「福建省和江西省支持葉選平先生。而廣西省和浙江省的一部分也成為葉選平先生的同志。湖北省和湖南省內陸部的農民暴動不斷擴大，現在軍隊出動努力維持治安。這二省的情形仍不明朗。」

「農民運動將葉選平視為敵人。葉選平難道不打算與農民運動合作嗎？」

「不可能的。因為葉選平先生討厭農民運動的領導者章宗林。而且對於農民同盟總評會議的過分要求也不可能妥協。」

餐點送來了。

二人不再討論政治的問題。改為談論雙方的興趣，把餐點都吃光了。

克龐德看看手錶，現在已是晚上九點了。

「可不可以讓我見一見，認識趙紫陽這個人呢？」

克龐德請求對方。

情勢非常危急。到舉行鄧小平國葬的明天為止，要和趙紫陽取得聯絡，希望召開記者會，由趙紫陽表示反對北京新領導部的心意。

「好吧，我們就到他家去吧！」

克龐德付完帳後走出飯店。

飯店前有排班的計程車。好幾輛排班的計程車看起來都是日本製的車子。

二人並肩坐在後座。

「請到濱江東路。」

計程車駛離飯店。

近年來顯著發展的廣州市街高樓大廈林立，商店街充滿耀眼的霓虹燈。但似乎在顯示不穩定的政情似地，街上的行人稀少，只看到公安。

聽說廣州的省政府也要宣布戒嚴，不過還沒有宣布。

事實上的華南領導者葉選平，似乎在等待北京新領導部的行動，北京新領導部如果對葉選平發動攻擊，應該是在收拾北京市內的動亂以後才會進行。

計程車在珠江南側海岸馳了二十分鐘左右，來到濱江東路。

她讓計程車停在克龐德不熟悉的一角。

這附近是鄉下地方，簡陋的民宅到處可見。燈火昏暗。

陳雁壯對付錢後走出計程車的克龐德，用手指出前進的方向。

那是在道路對面的巷子。

她走在前頭，在小河旁鑽入巷子裡。右側有一排磚瓦長屋。

克龐德感覺好像滑入異次元世界似地。

她停在第五家的門前並敲門。

不一會兒門開了。一位橢圓形頭、頭髮稀疏的中年男子從門縫間朝外看。

「王實味嗎？我是陳雁壯。我帶美國國務院的人員來了。」

「喔！進來吧！」

叫做王實味的這名男子，好像觀察巷子裡的情形似地，確認是否有人跟蹤，然後將門半開著。

克龐德跟在她的身後進入屋內。

天花板上掛著一個電燈泡。水泥地上擺著長桌和簡陋的木製椅子。

王實味站在入口處說「坐呀！」以手示意請他們坐下。

二人一起坐在椅子上，王實味端了二杯茶放在二人面前，熱水瓶擺在桌上。

「你一個人住嗎？」

克龐德用中文問他。

「是呀！妻子前年病死了。四個孩子全都離家了，現在只剩下我一個人。」

克龐德覺得趙紫陽的這位聯絡人的生活並不是很好，感到很疑惑。前國家主席趙紫陽和眼前看似貧困的男子，似乎根本連不在一塊兒。

「我是美國國務院官員，香港總領事館顧問克龐德。」

說著從上衣口袋取出名片，遞給王實味。

這時，發現接過名片的王實味的手骨櫛突起，手指上好像沾到油地。分明是勞工的手。

「我是王實味，以前擔任廣州市副市長。現在則是無業遊民，貧窮度日。」

「為什麼辭去市政府的工作呢？」

「在天安門事件後被解除職務。因為我和趙紫陽先生有密切關係，你想和趙先生說什麼呢？」

「美國政府非常關心趙紫陽先生的動向。也就是說，對於中國新的領導部壓抑人權、逮捕民主活動家，想回復已經脫離時代的社會主義經濟體制等感到憂心。如果趙紫陽先生需要我們的幫助，我們會很高興地對他伸出援手。希望你把這些話告訴趙紫陽先生。」

「趙紫陽先生不希望得到美國的援助喔。美國政府希望藉著援助得到些什麼呢？」

王很生氣地說道。

「不希望得到什麼物質的回報。美國政府希望中國的政治穩定，並保證中國經濟發展，同時能夠尊重個人的人權就感到很滿意了。趙紫陽先生還好吧！」

「嗯，很好。只是有點憔悴。」

「我想見見他，想直接告訴他美國政府的想法。」

克龐德直率地說著。他深怕對方的傳話可能會遭致趙紫陽先生的誤解。

「總之，我會把你的話告訴趙紫陽先生，你住在哪兒？」

「我住在花園飯店二一一七號房。不過我擔心電話被竊聽，所以還是不要用電話聯絡好了，你可以把消息告訴陳小姐，她再告訴我。」

王點點頭，拿起茶壺把茶倒入杯中。

「就這樣決定。明天晚上我會給你答覆。請喝茶。」

在對方的建議下，克龐德伸手去拿茶杯。結果燙了手而趕緊縮回手。

王這時才展露笑容。

（13）華盛頓郵報報導

「柯林頓總統昨天上午召開記者會。責備北京成立的新政府是時代錯誤的衆人。

『中國將數千名追求民主主義的人毫無理由地逮捕、施以暴行。楊尚昆這種作法只會使中國陷入混亂和內戰中。沒有任何的幫助。天津地區為了抗議政府而聚集的五萬名群衆，被武裝警察部隊以砲彈攻擊，有數百人死傷。楊尚昆一定要趕緊停止這種蠻行。』

總統做了以上的陳述。

白宮不只是為了民主主義和人權而責難北京新政府。唯恐新政府一旦回歸毛澤東路線後會仇視西方諸國而使冷戰復活。

國務院同時進行與日本、韓國、台灣、俄羅斯、香港等政府對中國採取經濟性制裁可能性的協議。外交專家們認為經濟制裁可能不具有效果。哈佛大學教授諾曼泰勒說『我認為經濟制裁對於中國不痛不癢。經濟制裁反而會挑起中國國民對於美國的敵對心。』

國防部已經預測最惡劣的情況，進入準備中。在阿拉伯灣的獨立號航空母艦已經朝南海移動。如果中國軍隊攻擊香港，美國將代替英國防衛香港。第七艦隊的另一艘航空母艦卡賓森號也進入橫須賀進行補給，然後要駛往東海。琉球的第三海軍師團似乎也將被派遣到香港。

此外，白宮方面決定，如果反對北京新領導部的南中國及東北地方提出援助要求時，一定加以支援。

北京從二十五日開始持續的市街戰，反對派第四戰車軍受到政府派出的空軍部隊的攻擊而被擊退。雖然楊尚昆能暫時喘一口氣，但卻是不容掉以輕心的情況。」

八月二十六日上午十時

住進香港希爾頓飯店的仁科，於上午十點後醒來。

雖然枕邊的鬧鐘設定為八點，希望能夠清醒，不過可能時間設定錯誤或沒有聽到鬧鐘響，總之睡過頭了。

「糟糕了，已經十點了！」

慌忙跳起身來，洗臉、穿上西裝，搭乘電梯到了一樓大廳。趕緊跑向賣報紙的地方買一份報紙。

然後進入餐廳，點了咖啡和吐司開始看報。

首先看到的英文標題是「天津發生衝突」。

昨天，受到香港大衆抗議示威的影響，天津市約有五萬名市民，召開反對北京新領導部的抗議集會。而武裝警察部隊發射砲彈，出現許多死傷者。

這段報導也說明反政府示威遊行擴及青島、上海、寧波、大連等地。內陸部的濟南和南京也抓起民主運動的風潮。

另一段報導則說，因為經濟開放路線而生活富裕的實業家們，對於中國今後的前途感到悲觀而逃亡到香港。因此，在香港與中國的交界處，人民解放軍進行嚴密的國境警備，逃亡至香港的人數已超過二千人。

報導中還指出，國境附近有被警備兵發現而遭射殺的人。

（中國的混亂即將開始了。）

仁科心中想著。

內陸方面，貧農們占據行政機關和黨機關。逮捕在經濟開放時代致富的富農，沒收其財產。經濟發展顯著的沿岸部都市部，則不斷地要求經濟開放和政治家的民主化。

（中國接下來的情勢會產生何種變化呢？如果出現大量難民，恐怕日本也會受到波及，甚至連日本企業在中國的投資都血本無歸，日本的外交部、大衆傳播媒體及學者們都樂觀地評估鄧小平死後，中國的經濟開放路線不會改變。但是他們卻不了解經濟開放路線造成中國社會極大的貧富差距。貧困層中有很多人積壓了不滿的情緒。尤其是對於擁有數億人口的內陸貧農的力量給予過小的評價。只要看中國的歷史就知道，改變中國歷史的幾乎都是一些貧困的農民層。藉著鄧小平之死一舉爆發。都市的學生、知識分子和富裕層，對此要求經濟開放路線的發展及政治民主化。但在人數衆多的農民層面前卻無法發揮作用，已故的毛澤東曾說過：「中國的都市被農村包圍著」，的確如此。）

正在仁科思索時，有人呯地敲他的背。

嚇了一跳回頭一看，原來是日本領事館的佐佐木站在那兒。

他慌慌張張地疊起報紙，站了起來。

「呀，早，對不起，我起晚了。」

「沒什麽，我從領事館打電話來，你不在房間裡。我想你可能在這兒吃早餐吧！所以到這兒來了。」

「一起吃早餐嗎！」

「我吃過了。喝杯咖啡好了。」

佐佐木坐在仁科對面。

「趙紫陽還沒有聯絡嗎?」

佐佐木問道。

「沒有。林敬明說趙紫陽方會來和我聯絡。但目前還沒有任何聯絡，我想趙紫陽現在一定潛伏在某處。還沒有掌握到他的情報而已。」

仁科昨天與在香港的日本通信社及進出廣州市的日系企業的幹部們取得聯絡。詢問有關於趙紫陽的消息，但是沒有任何人知道。

「事實上，今天早上到美國領事館的朋友，聽到了有關趙紫陽的消息。CIA在香港的工作員似乎掌握了情報，就是我先前跟你說的名叫克龐德的人。他住在希爾頓飯店，辦公室則設在中央大樓的八樓。聽說克龐德昨天已到廣州去了，也許趙紫陽已逃到廣州了。」

「真的嗎?那麼CIA可能打算和趙紫陽取得聯絡吧!」

「也許吧!畢竟能夠對抗中國新領導部，成為民主派象徵的就是趙紫陽。美國可能打算抬出趙紫陽與北京的政府對抗吧!我們的領事可能也有這種想法。事實上昨天在東京，外交部長和美國大使協議中國問題，日美決定共同支持中國的民主運動，反對政治犯的違法逮捕。東京外交部的亞洲局長花井先生昨天晚上打國際電話給我，告訴我美國即使動用武力也要阻止中國回到社會主義經濟體制的老路上。」

「如果美國和趙紫陽合作，援助趙紫陽政權，中國就會陷入內亂狀態。」

「事實上現在不就是如此嗎？農民運動的領導者章宗林，將農民組織成軍隊，掌握四川省、陝西省、甘肅省三省的實權。現在甚至內陸部主要的中小都市，都在他的指揮下，這不就是一種內戰狀態嗎？」

現在的中國，陝西省、甘肅省、四川省各地要求回歸毛澤東路線的貧農，掌握了政治的實權。

「的確已經陷入內亂狀態了。」

仁科也肯定佐佐木的說法。

「今後你有什麼打算呢？要在這兒一直等到趙紫陽和你聯絡嗎？」

「嗯。因為已經約定好了，中國外交部的林敬明要我在這兒一直等到趙紫陽的聯絡到來，幫助趙紫陽逃亡到日本。」

仁科覺得有點後悔了。在情勢混亂的時候只有自己在香港，終日無事地等待趙紫陽的聯絡。

趙紫陽可能被中國公安逮捕，或是像江澤民一樣不願被捕而自殺的話，自己就能離開香港回到北京了。可是現在沒有任何情報，實在非常痛苦。

如果現在就放棄而回北京，萬一趙紫陽逃到香港，而自己卻不能依約幫助他逃往日本，這種背信的行為他也不願意做。

「那麼我先回領事館，到處打探趙紫陽的消息。如果有任何消息，就來和你聯絡。你會一直待在這兒嗎？」

「是呀，我只好在房裡等待了。」

早餐送來了。佐佐木喝著咖啡，一邊吃東西，二人閒聊著今後中國的發展。

雖然有各種可能性，但是二人對於中國到底會有何種變化不得而知，因為情勢太混亂了。

與佐佐木分手後，仁科回到房間。

從口袋中取出鑰匙，正打算開門時，看到門下有一張紙片。

彎下腰撿起紙片，原來是櫃台送來的。

「上午十時四十五分來自林敬明的消息。

還會再打電話來。　林敬明」

消息是用英文寫的。

（十點四十五分。就是我和佐佐木閒聊的時候。如果早二十分鐘回房間裡就可以接到電話了。）

仁科對於自己的行為感到後悔，不過對方還會打電話來。雙方的聯絡應該不會斷絕。

北京與香港的電話被中國有意切斷，因此電話不通。林敬明既然能打電話到飯店，他可能已到達香港，平安無事了。

想到此，就覺得放心了。

仁科打開電視開關，坐在電視前的沙發上，一邊看新聞，一邊等待林敬明的聯絡。

過了一小時，電話響起，趕緊飛撲到放在床邊的電話旁。拿起聽筒，櫃台說道：

「仁科先生電話。」

聽到櫃台人員的聲音。

「謝謝，接過來吧！」

「喂！是仁科先生嗎？我是林敬明。」

聽筒傳出林敬明的聲音。

「呀！是你呀！我正在等待你的聯絡。你現在在哪裡？」

「我在九龍的朋友家。可不可以見你呢？」

「當然可以。什麼時候，在什麼地方？只要你告訴我，我隨時都可以去。」

仁科很高興地說著。

「那麼，還是我去拜訪你好了。我到了那兒以後，會請櫃台通知你下來，二小時後我就能到達了。」

林說完後掛上電話。

仁科掛好電話，趕緊打電話給日本領事館的佐佐木先生。告訴對方林敬明已平安無事地來到香港，而且二人已取得聯絡。

（14）CNN電視台北京分局局員肯尼斯・馬肯吉的報告

「我站在距離和平里車站北方一英里處的七經路上。周圍的建築物全都被破壞得無影無蹤。只有戰車的殘骸還在那兒冒著黑煙。

反對新領導部的江澤民支持派的第四戰車軍雖然已推進到和平里車站，但是卻被出動的空軍激烈砲轟，並遭遇第十八軍的反擊，而退到北京市的北部。

現在北部郊外仍然進行著激烈的戰鬥。此外，由北京市東部進攻的第四戰車軍的部隊，也被空軍和第二十三軍趕到郊外。

遠處仍傳來隆隆砲聲。雖然是晴天，可是上空卻被煙塵及砂土遮蓋，好像黃昏般地陰暗，而且也發生了火災。現在在我眼前就有一輛滿載傷兵的卡車通過。

楊尚昆派鎮守首都北京。東北地方和華南地方反對新領導部，內戰會持續擴大。

北京的領導部決定派遣軍隊抵抗不遵從北京政府的東北地方和華

南地方。此外，新領導部批評美國在背地裡挑起內戰，因此與美國的外交關係急速惡化。

也許我們CNN北京分局會奉命離開中國。希望這不是最後一次的播放。

肯尼斯・馬肯吉的報告。」

八月二十六日晚上九時

有人在敲門。

先前一直看著電視的邁爾茲・克龐德站起來關上電視，走向門邊。小心地將門開了一縫。看到穿著褲裝的陳雁壯站在那裡。

「是妳呀！進來吧！」

克龐德將門打開。

「沒時間了，快跟我來。」

「怎麼回事呀？」

「和趙紫陽先生取得聯絡了，他說願意見你。」

「知道了。我準備一下，妳等我。」

克龐德讓門開著，回到室內，拿起掛在沙發椅背上的西裝上衣。

趕緊穿上上衣，確認錢包還在裡面。

腦海中突然起了一念頭，認為應該向位於香港的美國領事館報告這件事情。

看看手錶，時間為晚上八點五十分。在這個時間外出非常危險，認為應該把自己的行動告訴領事館才對。

「快一點，沒時間了。」

陳雁壯在門邊催促著。

克龐德放棄打電話給領事館的念頭。想等到回飯店後再報告這件事情。

和她一起搭電梯到一樓。

「計程車在等著，快一點。」

她抓著他的手臂。

走出飯店的玄關。

距離計程車停車處十公尺的道路旁，有一輛日本製的藏青色車子停在那兒。

她把克龐德拉到車邊。

「為什麼這麼慌忙？」

「北京秘密警察前來找尋趙紫陽，好像已經發現他所躲藏的地方。一小時後趙紫陽同志就要移到別的地方了。再猶豫不決就沒有辦法見到他了。」

駕駛座上坐了一位陌生的年輕人。坐上車時，克龐德感覺不安。

「他是誰？」

問對方。

「王的朋友。在高中擔任老師。」

二人坐在後座。

車子發動了。在市內高速奔馳。進入克龐德沒有見過的地區，看到工廠及一些勞工居住的舊公寓。

來到一處正在建設的工地。

車子奔馳了四十分鐘。停在建設工地的一角。

「就是這裡，趙紫陽同志躲在那棟建築物中。」

她指著好像作業員宿舍的建築物。

建物內沒有電。感覺不像有人居住。

「怎麼會在這個地方呢……。躲在這棟建築物裡，被作業員發現怎麼辦呢？」

關上車門後，克龐德邊看建築物邊說著。

「幾個月前就已經停工了。工頭是以前趙紫陽同志擔任省長時的部下，快走吧！」

她先走向建築物。

到處堆著磚，還有一些銹了的鐵管。

「危險！注意腳邊。」

她回頭提醒對方注意。

克龐德回頭看看背後。

車頭燈關上了。人停在原先的位置。

還可以看到負責駕車過來，擔任高中老師的年輕男子。

她停在建築物門前，輕敲三下，好像是雙方約定的暗號似地。

門開了。黑影朝外窺探。

「我帶克龐德先生來了。」

「有沒有人跟蹤？」

「沒有。放心。」

「進來吧。」

黑影將手搭在她的肩上，帶她進去。

她停下來看看克龐德，好像要讓他安心似地微笑著。

克龐德跟在她的身後鑽進入口。

這時感覺到右邊黑暗處有人，本能感覺到危險的他打算後退。

這時左肩被木頭擊中。

邁爾茲‧克龐德痛苦地發出哀號。瞬間雙膝無力，倒在地上。

背部又被擊中。克龐德倒在地上，失去了知覺。

等到克龐德恢復了知覺，發現自己仰躺在黑暗中。

身體不斷地搖晃著。

聽到引擎聲。背部和左肩疼痛。

雙肘支撐地面想要挺起上半身。可是因為太疼痛而發出了呻吟聲，又仰躺下來。

「好像醒了。」

聽到有人說中國話。

手電筒照著他的臉，因為光線太刺眼，他閉上眼睛。

「醒了，不要緊了。」

有人在那兒說話，三、四個人在那兒笑著。

有一個人輕踢他的腰，臉靠近他說：

「喂，你要抽煙嗎？」

「不！」

克龐德發出呻吟似的聲音。

引擎的聲音是車聲。正高速奔馳到某處。而自己好像躺在貨架上。

意識逐漸清醒，想到先前發生的事情。

為了見趙紫陽而前往工地的小屋。左肩和背部被擊中。

（對了，她怎麼樣了呢？）

「你在說什麼呀？」

有人用中文問道。

有一張臉靠近克龐德的嘴邊。在黑暗中看見這個男子，大約三十歲左右。頭髮中分，並塗了一層厚厚的髮油。

這時一股餿水味撲鼻而來。

「好臭呀，野豬，你到那兒去。」

克龐德用中文說。

這名男子回到黑暗中，然後用力踢克龐德的側腹。

克龐德發出無力的呻吟聲。

周圍這些中國人笑了。

「你才是臭野豬呢！」

「到了北京後，再把他五花大綁吧！」

這名中國人在黑暗中這麼說著。

載著他的卡車突然跳起來。克龐德的身體往上彈，然後又落在車上。

「喂！別再開快車了。開慢一點。」

中國人說道。

「明天就想到北京呀！」

另一中國人說著。

克龐德這才發現自己中了圈套。

（這些是由北京來的秘密警察。）

比自己先一步進入趙紫陽藏身的建築物中，好在那兒埋伏著等待自己似地。陳雁壯又如何了呢？

「喂，又在說什麼呀？」

中國人說道。

先前那個中國人又把臉靠過來。

「好像在叫陳雁壯呢！」

「這傢伙還不知道呢！」

另一中國人說著。

全部的人都笑了。

「喂，你們誰來告訴他吧！」

有一個人說著。

臉靠過來的男子說道：

「陳雁壯已經死了，現在已經被丟到珠江內，流出海了。」

（他媽的！）

中國人經常互相對罵。克龐德來到中國後最初學到的罵人的話就是這句。

聽到這句話的中國人，拳頭對準克龐德的臉用力揮去。

克龐德吃了一記拳頭又再度昏迷了。

（15）CIA報告（工作局製作）

「第一五三號

八月二十七日

機密　限定閱覽者

中國近年來每年增加國防費，致力於軍隊近代化及最新武器的開發。一九九五年國防費包括國家預算以外的軍事費在內，高達四百二十億美元。

ＣＩＡ對於中國國防費的增加感到憂慮。如果中國在今後十年內國防費持續增加，對美國會形成軍事威脅。

這次中國的政變而形成的楊尚昆體制，可能會回歸社會主義經濟，在外交上採取反西方路線。一旦這個體制確立，美國就會失去中國這個巨大市場。同時會形成緊張的軍事情勢，形成新的軍擴競爭。

目前楊尚昆體制還沒有辦法掌握全國。各地出現了反抗勢力，東北地方和華南海岸地區也建立獨立政府。

如果支援這些地區的獨立運動，會損害美國的國益。中國如果分裂為三、四個國家，就不再有來自中國的威脅，而且美國會成為超級強國。

美國應積極介入中國的內政，促進中國的分裂，如果中國軍隊進攻香港，也可以以此為藉口介入。所以應該在香港發動反北京政府的行動，促進香港與中國的對立。

因此，CIA製作行動計畫。如果得到總統的允許，立刻付諸實行。」

八月二十七日下午一時

時鐘指針指著下午一時，這時喝光可口可樂的林敬明站了起來。

「仁科，一點了，我要走了。」

仁科點點頭。

回頭看看佐佐木。

「佐佐木，我們要去接趙紫陽了。其他事情就拜託你了。」

說著。

「小心喔。國境周圍的警戒非常嚴密。聽說昨晚有人想要逃往九龍，在圍籬邊被射殺了。」

「好，我會小心。我走了。」

仁科和林敬明一起走出希爾頓飯店的房間。

來到大廳，從二天前開始就盯著他的中國人，在較遠的地方看見他們出現在電梯口時，就從沙發上站了起來。

仁科拉著林敬明的衣袖。

「那些人還在呢！」

對他這麼說。

香港是英國統轄的範圍，而中國的秘密警察卻公然在此活動。

二人可能是中國的秘密警察，也可能是日本外交部的情報相關者。總之，正在嚴密監視他們的行動。

仁科不知道這些人到底是哪一方面的人。

暫時不管他們的存在。二人穿過大廳，走出玄關，坐上計程車。

「到灣仔。」

林敬明告訴計程車駕駛目的地。在灣仔有渡船可到達九龍半島。

昨天林敬明來到住在希爾頓飯店的仁科處。告訴仁科趙紫陽已經逃到中國的深圳。這天晚上希望能幫趙紫陽逃到香港。

仁科猜測廣東省的實力者葉選平一直採取與北京新領導部對決的姿態。趙紫陽會不會到廣東省與葉選平合作呢?因此,也可能打消逃往日本的念頭。但是趙紫陽還是想逃往日本,令他感到很驚訝。

他猜測可能是有什麽事情發生,總之要幫助趙紫陽到香港。

朝向海岸走在花園道上時,仁科轉頭看看後面。一輛黑色的豐田汽車在距離二百公尺的後方奔馳著。車內是先前飯店大廳中的二位秘密警察。

「那些人跟來了。」

「不要緊,到了九龍半島後,就可以逃離他們的跟蹤。」

到了灣仔的碼頭時,二人為了搭上一點三十分開的船,趕緊跑向碼頭。

灣仔地區以前是歡樂街,但在香港政府大力改善下,陸續興建高樓大廈,景觀完全改變。

跑向碼頭時看看後面,坐在助手席上的男子走下車來,加快腳步跑向碼頭。

駕車的男子還留在停車場。

仁科和林敬明進入船內。二人一起坐下來。

從灣仔碼頭出發的渡輪一艘開往九龍地區的尖沙咀，另一艘則開往紅磡。

他們所搭乘的渡輪是開往九龍半島西側尖沙咀的渡輪。

到達尖沙咀的二人，混在許多乘客間走下渡輪。

走出碼頭，有很多計程車在等待客人。

二人在船內就已經商量好，分別搭乘不同的計程車。因為只有一位跟蹤者，因此分別搭乘計程車就可知道對方到底要追蹤何人。

如果自己被跟蹤，就必須甩掉對方，然後在約定的場所見面。

仁科搭乘的計程車先開走了。

「到九龍城。」

仁科請駕駛送他到九龍城。

車子開走了。不久後就陷入交通阻塞的困境中。車子非常多。

回頭看看背後，沒有看見跟蹤者。

雖然駕駛不斷地按喇叭，仍然無法前進。

過了一小時，終於到了九龍城。這裡是九龍的舊市街。

古老的道路並排成列，狹窄的道路好像謎宮。

仁科來到機場大廈前，計程車駛入機場大廈對面的九龍城中。

他在狹窄的道路左彎右彎地前進。

終於來到較亮的巷道。左右有幾家類似日本秋葉原電氣街的小店。有食品店，也有販賣電子零件的店。

最後來到「木匠公園」。從西北側出口來到與東頭林道交叉點處，停下來。沒有回頭看，躲在車子後座，身體儘量放低，外面看不到，請駕駛將車開往黃大仙車站。

因為車站的北出口是和林敬明約定的場所。

仁科認為如果對方跟蹤自己，一定認為自己是外交部的情報員，他確認已甩掉對方的跟蹤。

到達黃大仙車站時，在車站北出口找尋林敬明。

林敬明先發現他，跑了過來。

「仁科，你被跟蹤了，不要緊吧！」

「我應該在九龍城甩掉他了。我們走吧。」

二人搭乘地下鐵，是行駛觀塘線的地下鐵。火車駛向九龍塘車站。

下午四時，二人來到九龍塘車站北側面對公園大樓的四樓。

此處有二名在香港政府工作的中國官員，及二名在香港的中國民主運動幹部。

林敬明介紹在香港的民主運動家是周德海。香港政府的中國人是公安處治安部的甘全部長。

「林敬明先生，先前接到廣州遭到砲轟的報告。似乎駐屯在湖南省衡陽的空軍部隊出動了。此外，江西省的第十二軍集結在省境附近的大庚，目標指向廣州，可能幾天內會侵入廣州。此外，在廣州西南的佛山第二十八步兵師團發動叛亂，也朝廣州進擊。省政府在廣州公布非常戒嚴令，下命市民拿起武器抵抗。駐屯在廣州的第五戰車軍為了防衛廣州內的人民解放軍部隊暴動，同時也打算從湖南省或江西省派遣軍隊進入廣州，內戰即將開始了。」

說明廣州狀況的周德海的表情凝重。

一旦廣東省爆發內戰時，鄰近廣東省的香港也會受到影響。廣東省逃往香港的難民將很多，甚至中國軍隊也可能入侵香港，如此一來，香港也會捲入戰火中。

司令部設在廣州的廣州軍區，管轄湖北省、湖南省、廣東省、廣西壯族自治區，及海南省五大軍區。司令官李希林上將支持葉選平，對於這次的政變採反對的立場。但原本屬於他指揮下的湖南軍區，軍司令屬於楊尚昆系列的軍人，因此支持新領導部，不遵從李希林上將的指揮。

遵從廣東軍區，駐屯在深圳的第六軍，以軍隊的統帥系統而言，應該遵從廣東軍區司令，但是第六軍司令遭到逮捕，由遵從北京新領導部的部下掌握實權。

第六軍駐屯在深圳，觀察香港的情勢。

因此廣州軍區軍隊的指揮系統分為北京派與葉選平派，呈現混亂景象。

某個部隊師團長支持葉選平，但部下們卻支持北京的新領導部，師團長遭到逮捕監禁。

其他也有部隊的師團長依附北京的新領導部，部下們卻支持葉選平，而將師團長逮捕監禁。

「所以趙紫陽先生不想前往廣州，而逃往香港嗎？」

仁科了解廣州的狀況後，就知道為什麼趙紫陽不去廣州，而想逃到香港了。廣州已經即將陷入內戰中，到那兒去非常危險。

但是從深圳逃到香港也很危險。因為第六軍在九龍地區與中國的國界處嚴密警備著。

到了晚上七時，吃完晚餐的四人，乘坐由甘全駕駛的中古ＢＭＷ，從大樓出發，前往國境。

晚上九時四十分，他們來到國境東方的沙頭角。此處有國境警備崗哨。

他們進入崗哨內。

甘全部長事先似乎已聯絡好了，所以國境警察隊長在此等待。

「今夜的情形如何？」

甘全詢問他。

「對方呈現不穩定的狀態，裝甲部隊集結在距此六十公里的北邊林中。國境的警備更為森嚴，今天晚上沒有一名難民進入。全部都在國境那邊遭到逮捕。」

聽到對方這麽說，仁科和林敬明面面相對。

「聽說重要的政治家要逃亡過來。到底誰要逃亡過來呢？」

隊長詢問著。

「這是秘密，到了十一點時，你們就從這兒發砲。讓中國方面的警備軍的注意力集中到此處，我們趁機到預定地將逃亡者帶到這兒來。記住喔！晚上十一點。」

甘全部長吩咐隊長注意。

「知道了。射擊十分鐘左右。只有十分鐘，再繼續射擊會刺激中國軍隊。」

「那麽我們走吧！」

甘全和三人一起走到建築物外，又坐上車。

九龍與中國的深圳之間有深圳河，這是雙方的國境線。沿著河有香港和中國的道路平行延伸。

河與河之間是濕地帶和樹林、草原。

中國方面沿著河岸搭建高的圍籬，防範違法越境者。

在圍籬的對面有警備兵二十四小時巡邏。

他們進入距離沙頭角二十公里的內陸部，車子停在樹林邊。

這時指針指著十點。

還有一個小時，仁科覺得時間太長了。

「好了。十一點了，走吧！」

林敬明利用夜光錶確認時間。從車子的後座下車。

四人走下車，跑向緩斜坡，跑到深圳河邊，蹲在草叢陰暗處。

河寬約十公尺，對面有高三公尺金屬製的圍籬。

距離一・五公里處有監視哨，可是因為太黑暗了，看不清楚。

「現在位於沙頭角的崗哨，國境警察應該已經發動射擊了吧！」

聽林敬明這麼說，仁科豎耳傾聽，但是可能因為距離太遠，聽不到射擊聲。

不過，在遙遠東方的方向看到探照燈亮起，一條光芒緩慢移動著。

不久後可能是中國方面已經應戰了，聽到一些機關槍的射擊聲。在對岸中國的道路上，有亮著車頭燈的車輛奔馳而來。

等了十分鐘。

「沒看到當成暗號的手電筒光呀！」

林敬明很不安地說著。

周德海將掛在胸前的望遠鏡拿起，觀察對岸，可是太黑了，什麼都看不到。

到了十一時二十分。在圍籬那邊有手電筒亮了三次。

「呀，來了。」

林敬明高興地叫著。

「走吧！」

周德海先從草叢中跳出來。四人跑向深圳河，跳入河中。

特意選擇這個地點是因為河的深度及腰而已。

四人穿著衣服跳入河中，到了對岸，跑到緩斜坡，來到圍籬下。

這時在中國境內有三名男子朝這兒跑來。

「快點、快點。」

林敬明叫著。

二名男子扛著一名老人，將他推上圍籬。

是一位白髮，身材高大的老人。

在圍籬上爬著的人物好像躊躇著似地看著下方。

年輕的周德海從香港這邊爬上圍籬，將手伸向老人。

「好，抓住我的手。」

老人抓住他的手，跨過圍籬，來到香港側。這時，距離圍籬五十公尺遠的道路上，一輛打亮車頭燈的軍用車輛突然奔馳而來，停車。

「是警備兵，快點。」

林敬明叫著。

剩下的二人慌忙爬上圍籬。

仁科也站了起來，跑到圍籬下，撐住搖搖晃晃爬下圍籬的老人的腳。

這時警備兵吹起哨子「嗶！嗶！」地發出聲響。

後來從車上下來的中國兵開槍射擊。

「答、答、答」輕快的射擊聲響起。攀爬在圍籬上的二人掉了下去。

子彈穿過圍籬，飛到仁科身旁。

老人雙手鬆開，身體落在仁科身上。

仁科和他一起摔倒，在斜坡上滾動，落到河邊。

又聽到槍聲響起，機關槍掃射過來。

「呀！」有人叫著。

仁科趕緊站了起來，抓住老人的手臂，將他拖入河中。

「快逃吧！」

沒時間顧另外三名同件了。

他拉著老人的手在河中奔馳著。

老人腳被拌倒，跌倒了。仁科停下來，又拉起他的手臂。

跑到圍籬處的四、五名中國兵又用機槍掃射。

仁科判斷這樣子無法逃走，於是說：

「潛水，潛入水中。」

叫著，將老人沈入水中，自己也潛入水中。

一直游到對岸。

在中途停下來，確認老人是否在身邊。

終於爬上對岸。

林敬明也跟過來了。

中國兵停止掃射，隔著圍籬看著這一邊。

周德海和甘全也潛在水中游過來了。

林敬明就著月光，看著濡濕坐在岸邊的老人。的確是趙紫陽。

（16）八月二十九日上午八時　中國海軍總司令部作戰部發給南海艦隊司令官宗白龍海軍上將的作戰命令第一〇六號

「預定二十九日上午出港的巴拿馬籍貨船海灣號，根據情報顯示，搭載了很多逃亡的政治犯。貴艦隊發現同船時命令停船，進入船內臨檢。

如果發現政治犯要加以逮捕、扣留。

如果同船不遵從停船命令，可進行威嚇射擊或攻擊。

若美軍作出阻礙行為，可以武力排除。

關於海灣號的行動，以周波數一五二・一二五兆赫逐一通報。」

八月二十九日下午一時

美軍第七艦隊第七十三任務部隊奉命移到南海，是在傳說鄧小平病情嚴重的八月十四日時。

第七十三任務部隊以航空母艦獨立號為旗艦，由巡洋艦邦加希爾、驅逐艦老五和歐丁道夫、護衛艦洛德尼•M•戴維斯等組成。這時在阿拉伯灣岸正進行對伊拉克的警戒任務活動。

接到任務後，第七十三任務部隊的司令官亞蘭•斯塔吉斯中將立刻離開阿拉伯灣岸，朝南海進發。

八月二十七日接近正午時，到達香港東南方六百公里的位置。這個措施是預防中國發生內戰時，可以保護住在香港的美國人。二十八日時，第七十三任務部隊在同一位置巡防，知道台灣已全軍進入非常警戒狀態中。

第七艦隊的旗艦布爾里吉在關島將情報送回獨立號。情報中還有通過中國上空拍攝地面情形的偵察衛星的圖片。獨立號在看不到島影的南海上掌握中國軍隊集結和移動的情形。

美國政府不打算和中國正面作戰。北京的新領導部套句美國總統的話，是「不正派的政權」。

美國政府認為已經脫離時代的社會主義經濟體制的回歸路線，毛澤東主義是錯誤的行為。

一旦與新領導部正面衝突，可能會引發核子戰爭。陷入絕望的中國領導部，當然有可能會動用核武。

因此，美國政府只能藉著政治、外交的壓力，使新領導部失勢，而建立中國的民主化。所以命令第七十三任務部隊的斯塔吉斯中將只能留在公海上，不可以刺激中國軍隊。

二十九日早晨，從深夜開始海上就一片迷霧、波濤洶湧。對潛直昇飛機為了任務交替而發艦。二架F—十八大黃蜂機準備緊急起飛。

「提督，中國政府向香港政府提出要求，希望關閉香港機場。」

從獨立號戰鬥情報室接到電話報告的通信參謀威廉•布里安上校向斯塔吉斯司令官報告。

「中國政府有這個權利嗎？」

斯塔吉斯中將驚訝地回問。

「通告中似乎說如果香港政府不交出逃亡到香港的政治犯，就要擊落他們逃離香港時所使用的客機。」

「政府犯逃亡不是得到國際的承認嗎？」

「中國政府認為他們不是政治犯，而是刑事犯罪者，因此主張香港政府應該將他們交還給中國。香港政府似乎準備關閉機場。」

到了上午八時，獨立號又接到情報，深圳的中國軍第六軍集結於國境，可能要入侵香港。到了正午時，根據地設於湛江的南海艦隊出擊，來到距離澳門東南二百公里的海上。

也就是說，南海艦隊正好進入香港與第七十三任務部隊之間。

這時出現的中國艦隊有四艘驅逐艦、八艘護衛艦，總計十二艘。

美國方面認為這是對於第七艦隊的拑制，同時也是監視想乘船逃到香港或澳門的政治犯的行為。

二十九日早晨，巴拿馬籍的貨輪，事實上是屬於美國海軍公司的貨輪海灣號，駛出香港，打算開往新加坡。

海灣號上共搭載了從中國大陸逃出的政治難民八十六名，及一般乘客。

離港的海灣號時速增加為十四海浬（二五・九三km／h），針路為二百度前進。

下午一時十五分，可以看到前方有中國驅逐艦和護衛艦，隔著一定的距離慢慢航行。

海灣號來到與大型驅逐艦距離一萬公尺的地方時，看到「K」旗的旗旒信號掛在驅逐艦的旗桿上。「K」旗的意思是「命令停船」。

「船長，中國驅逐艦命令我們停船。」

一等航海士洛巴特・巴克納一邊用望遠鏡觀察驅逐艦，一邊向船長報告。

船長是四十八歲的雷・克萊茵。他從十八歲開始就經常搭乘貨船及客貨船往來極東航路。所以經常吹噓地說道：「太平洋是我家的院子。」

「我也看到了。」

雷・克萊茵船長叼根煙，悠閒地說著。

海灣號繼續前進。

驅逐艦改變針路，朝他們行駛而來。

這時哨信儀送出發光信號。

「停船、停船，船長說『停船』」。

洛巴特・巴克納很擔心地朝雷・克萊茵叫著。

早上要出港之前，美國領事館的參事官來到海灣號上拜訪船長，希望美國領事館所保護的政治犯能夠搭乘海灣號送往新加坡。

聽說機場已經關閉了。香港機場在位於深圳的中國軍對空飛彈陣地的射程距離內。一旦客機離陸之後，可能會被飛彈擊落。

雷・克萊茵是位豪爽、倔強的男子，他很同情這些政治流亡難民。

因此決定不管發生什麼事情，都要把他們送到新加坡。

距離為三千公尺時，驅逐艦前部甲板的二連裝一百二十釐米砲的砲口閃動光芒，就好像電線短路般，閃出蒼白的光芒。

「船長，受到攻擊了。」

洛巴特·巴克納緊張地說著。

「這是威嚇射擊，不會真的攻擊我們。」

雷·克萊茵悠然地說著。

連續二顆砲彈落在海灣號右舷側三百公尺的海面上，噴起二道水柱。

陸續聽到砲聲和爆炸聲。

「船長，停船吧！這次可能會真的攻擊我們了。」

「別說蠢話。如果一發砲彈擊中這艘船，就是中國與美國的戰爭。你認為他們真的想引發與美國的戰爭嗎？」

驅逐艦加速前進，船首揚起波濤。時速二十四海浬（四四·四五km／h），朝著海灣號衝過來。

距離接近為一千五百公尺時，機關砲發射，砲彈朝著海灣號飛來。

「叭啦！叭啦！」聽到東西破碎的聲音，船橋上冒起硝煙。

副操舵手和電話員蹲在地面上。

右舷側的玻璃窗破了。

「可惡，真敢這麼做！」

雷・克萊茵船長在喉嚨深處罵著，臉靠近在船橋後方的通信室的小窗。「傑夫，SOS，我們受到攻擊，趕快發出國際救難信號。」

對通信員大吼著。

當他跑回船橋的羅盤處時，驅逐艦就在眼前。

船身為深灰色，旗杆上插著中國的國旗。從身上穿的制服來看，是中國海軍的水兵。

不久後，後部甲板的機關砲朝向此處。「砰、砰」發射砲彈。

雷・克萊茵船長和洛巴特・巴克納一等航海士和操作員，都慌張地縮起脖子躲了起來。這次的目標是右舷側的吃水線邊緣，被機關砲彈擊中了。

在砲彈的衝擊下，船身拼命地搖晃。

「這些傢伙難道想攻擊機械室嗎？想要勉強使船停下來。洛巴特，去叫人來把這二人抬到醫護室。」

他用下巴指指倒在地面上的二人吼叫著。

原本跟在船尾側的中國驅逐艦在後方一千公尺處旋轉之後，從左舷側後方追過來。驅逐艦和客貨船的速度畢竟不同，立刻就從後方追趕過來了。

「船長，停船吧，否則會被擊沈了。」

一等航海士洛巴特・巴克納不安地對雷・克萊茵說著。

「別說蠢話。中國軍隊沒有權力命令我們停船。我們又不是載著走私的違禁品，我們載的是中國人，是香港政府合法同意他們出國的人。」

雷・克萊茵頑固地說著。

甲板員跑到船橋，打算將受傷者送往醫護室。

「機械室的損害情形如何？」

雷・克萊茵詢問他們。

「已經浸水了，不過不要緊。」

這時，在海灣號左舷側的驅逐艦上有一名士官手持傳聲筒從窗外叫道：

「停船、停船，再不停船就攻擊了。」

「洛巴特，把傳聲筒借我。」

雷・克萊茵怒吼著。

洛巴特・巴克納打開船橋後側的行李艙門，取出傳聲筒。交給雷・克萊茵。

雷・克萊茵靠近左舷側的窗，打開玻璃窗叫道：

「我是船長。我不會停船的。為什麼一定要停船呢？說理由呀！」

他怒吼著。

「懷疑你們祕密將犯罪者送出國。要對於貴船進行臨檢。」

「別開玩笑了。這艘船上搭載的不是罪犯。你們的行為違反國際法。」

「你們才違反國際法，快停船。」

「不！」

雷•克萊茵怒吼著關上玻璃窗。

「那個傢伙說什麼呀？」

洛巴特•巴克納詢問道。

「他說這艘船搭載了罪犯。可能是到香港乘船的政治難民，要我們停船，他們要到船上搜察。」

雷•克萊茵和洛巴特•巴克納都不知道詳情。事實上中國方面是要搜尋逃到香港的趙紫陽的行蹤。

雷•克萊茵無視於驅逐艦的警告，繼續將海灣號往前開。

驅逐艦在距離海灣號稍遠處朝左旋轉一周後，又從後方追趕而來。

開始發射一百二十釐米二連裝砲。

砲彈飛過來，命中第三船艙的船口，在船艙中爆炸。

好像撞到冰山似地，海灣號好像從海面上跳起來似地。

雷·克萊茵船長和一等航海士洛巴特·巴克納都被彈到船橋的角落，撞到船壁，跌落在地面上。

另外一發砲彈落在船尾的水面，在水中爆炸。將船尾震飛，速度慢慢減慢了。

砲彈擊中的第三船艙的船口冒出濃濃的黑煙。

雷·克萊茵搖搖晃晃地站起來，靠向通信室的小窗。

「傑夫，有沒有送出SOS求救信號呢？」

他怒吼著。

「是的，已經發出求救信號了。」

「在香港南方二百公里的位置，救援船應該很快就來了。不用擔心。」

雷·克萊茵鎮定地說著。

現場是在距離香港島南方二百公里的海洋上。發出SOS求救信號，應該有幾艘救助船會過來。

回到船橋中央的他，命令所有人員乘坐救生艇逃生。

這個狀況由第七十三任務部隊的獨立號戰鬥情報室監控著。

在艦隊前方五百公里的地方，早期空中警戒機，已經由雷達捕捉到南海艦隊及海灣號。

雷達捕捉到的影像不僅送回母艦獨立號上，同時也會送到停泊在關島第七艦隊的旗艦布爾里吉號的戰鬥情報室。此外，透過美國海軍深感驕傲的戰術情報支援系統，也能及時將資料送到位於夏威夷的太平洋艦隊司令部及五角大廈。

這時，亞蘭・斯塔吉斯中將在獨立號的航海艦橋上，坐在長官專用席上，俯看飛行甲板。

這時在飛行甲板上有艦載機排列在那兒。二架緊急起飛用的戰鬥機正在飛行甲板的一端待命，隨時都可以出發。

正在此時，接到來自戰鬥情報室的電話。

打電話來的是戰鬥情報室的指揮官雷斯里・巴納德少校。

「長官，香港南方的中國艦隊砲轟巴拿馬籍的客貨船海灣號。」

戰鬥情報室一直持續監視著由早期警戒機傳來的雷達情報。同時也接收到海灣號發出的SOS求救信號。

「砲擊客貨船嗎?」

原先以舒適的姿勢坐在椅子上的亞蘭・斯塔吉斯嚇得跳起身來。

美國和中國的確因為香港的美國領事館庇護從中國逃出來的政治犯，而中國方面逮捕了美國的CIA要員，責難美國的政治陰謀而使二國間處於緊張關係中。但是沒想到中國海軍真的砲轟名為巴拿馬籍，實為美國的客貨船。

「好，少校，命令飛機緊急起飛。確認狀況。」

他指示巴納德少校，同時拿起電話，對接線生說道：

「我要和夏威夷的太平洋艦隊司令部聯絡。」

美國海軍利用人造衛星，藉著電子電話回線，不論在世界上任何位置，都能立刻取得聯絡。

與太平洋艦隊司令部取得聯絡後。他請艦隊司令長官聽電話。

「我是值班參謀，長官現在在自宅休息。」

「喔，這是緊急事件，我要趕緊與他取得聯絡。」

對對方說著。

亞蘭‧斯塔吉斯中將這時並不認為這個砲擊戰是小事件。一步走錯可能會演變成大的軍事衝突，因此要聆聽太平洋艦隊司令長官的指示。

就在他掛上電話的時候，在飛行板上待命的二架緊急起飛機，已經滑過飛行甲板，出發了。

(17)南海艦隊驅逐艦「大連」戰鬥日誌選粹

「一三二八時　確認海灣號距離一萬二千公尺

一三三〇時　艦長下令『針路四十度，速力二十四海浬』，駛向海灣號。

一三五七時　向海灣號送出停船命令。

一四〇二時　艦長下令進行威嚇射擊。與海灣號距離三千公尺。

一四〇七時　向海灣號下達停船命令。

一四一五時　艦長下令發射一百二十釐米砲。二發命中右舷側船腹。

一四三二時　逆航到海灣號左舷側。

一四五五時　在海灣號後方回頭。

一五〇四時　在海灣號左舷側巡航，口頭下達停船命令。

一五二六時　向海灣號飛射四發一百二十釐米砲，四發命中。同船無法航行，火焰衝天。

一五三五時　海灣號人員開始棄船。」

八月二十九日下午三時

瓦特・詹金茲上尉保持上升角二十度，將飛機飛到高度八千公尺的地方。

遵從投影在仰頭顯示器的標示，將機頭朝向三百二十度。

以巡航速度飛行，二十分鐘後，耳機中傳出聲音。

「這裡是大老鼠，傑西卡，高度下降為三千公尺。」

大老鼠是在獨立號的飛行管制官的呼號。傑西卡則是他和克里斯多福・喬治一等飛行軍士所操縱的二架A—十八大黃蜂戰鬥攻擊機的呼號。

「了解。高度下降到三千公尺。」

詹金茲上尉將操縱桿往前倒，機頭下降。

高度到達五千公尺附近時有雲。在雲中以下降角十五度前進。

高度到達三千八百公尺，穿過雲層。操縱桿慢慢往前拉，到達高度三千公尺時保持水平飛行。

雷達切換為對地式。螢幕上出現幾艘好像艦船似的白色光點。是中國的艦隊。

「發現目標。針路修正為三百十度。」

他將針路修正為三百十度，機頭朝向中國艦隊。

看見畫出白色航跡的一列中國艦船在前方下方。

「辨認目標，看到五艘。」

後來看到艦隊北方一萬公尺處的北方冒出黑煙。

「看到停在海洋上冒出火焰的船，好像是海灣號。高度下降到一千五百公尺再觀察。」

他一邊下降高度，一邊通過中國艦隊上方。飛向冒出黑煙的海灣號。

海灣號冒出的黑煙噴往三千公尺的高空，漂浮在海洋上。

同時還看到幾艘救生艇載著從母船逃出的人。

距海灣號一公里右舷後方，看到中國海軍驅逐艦在那兒巡防。

「這裡是傑西卡，海灣號在火焰中停止在海洋上。人員正從海灣號上逃離。看到救生艇了。我再繞過去看看。」

他來到海灣號前方，向右轉。

這時看到驅逐艦穿入搭載海灣號成員的救生艇群中。

驅逐艦開始用機關槍掃射救生艇附近的海面。詹金茲上尉親眼目睹海水彈跳起來。

「這裡是傑西卡，驅逐艦攻擊救生艇。」

詹金茲上尉覺得這並不是威嚇的射擊，而是實際攻擊。

（連乘坐救生艇逃命的成員都要加以攻擊，用機關槍掃射，真是太過分了。）

詹金茲上尉感到非常生氣。

「這裡是大老鼠，允許採取阻止行動。」

「了解。」

詹金茲上尉從後方趕上驅逐艦，機體左右傾斜三度，對驅逐艦提出警告。

不久，他的機體轟隆隆地朝著驅逐艦上方飛去，在前方急上升，朝右轉，從左舷艦首側，朝向驅逐艦急降。

驅逐艦左舷側的護衛艦的對空飛彈的發射器，朝著他這邊轉過來。

發射器冒出白煙，二發對空飛彈發射出來。

這時他將操縱桿拉到前方急上升，而在他後方五千公尺的第二架機，由克里斯多福・喬治一等飛行軍士駕駛的飛機，對驅逐艦發射二十釐米火神砲。

「這裡是傑西卡1，中國方面發動攻擊了。」

詹金茲上尉向獨立號的航空管制官報告。

真是很奇妙的事情，因為他覺得非常冷靜。以往他從來沒有實戰經驗，而且感覺到像這樣的戰鬥實際上不會發生。

感覺好像在接受訓練或看電影似地。

「這裡是大老鼠。允許應戰。」

「了解。」

他保持上升角四十度，朝上空衝，躲過尾隨的對空飛彈。

鑽入上空的雲層中。高度上升到八千公尺為止，然後保持水平飛行。朝右畫出弧線旋轉。

先前感受到飛彈的警報聲停止了。

飛彈可能飛向不同的方向了。

看著左後方，再看看右後方。沒看到一等飛行軍士所駕駛的第二架機。

「傑西卡2，這裡是傑西卡1，聽到了嗎？」

「非常清楚。」

「可以確認這裡的位置嗎？」

「可以。這裡距離那邊七十度，高度七千公尺。距離約二萬公尺。」

「這樣子我們就可以威脅中國人了。」

詹金茲上尉一個旋轉，將飛機急降落。

穿過雲中時，按下對電子戰裝置的按扭，擾亂中國方面的對空雷達。

按下兵裝選擇按扭，選擇二十釐米火神砲。

看著雷達螢幕，鎖定目標。

穿出雲層時，看到正面前方的驅逐艦。驅逐艦正衝入救生艇群中，想要把救生艇上的人員移到驅逐艦上。

他瞄準驅逐艦的艦橋，按下附上操縱桿上的射擊發射扭。「答、答、答、答！」聽到很有節奏的聲音，左側主翼部分根部的二十釐米火神砲發射了。

F—十八大黃蜂的M61A1，二十釐米神砲裝備彈數為五百七十發。

同時，避開驅逐艦的對空飛彈，他朝右滑空反轉上升。

在他後方五千公尺處的克里斯多福•喬治一等飛行軍士，也採取同樣的進入針路急降時，看到驅逐艦的艦橋冒起白煙。

「傑西卡2，傑西卡1的機關砲彈命中目標艦橋。」

詹金茲上尉沉坐在座位上，同時豎耳傾聽喬治的無線電話的聲音。

「這裡是大老鼠，四架攻擊隊已經朝你們那兒去了。」

獨立號飛行管制官的聲音出現了。

獨立號航空母艦陸續派出攻擊隊。

一等飛行軍士喬治看到中國驅逐艦對空機關槍朝著他那兒射擊時，趕緊追趕詹金茲上尉進行右反轉上升。

這時他腦海中想著：

（也許我們引發了與中國戰爭的最初關鍵。如此一來我們應該會留名青史。）

有這樣的感覺。

「提督。擊潰了中國艦隊。」

太平洋艦隊司令長官凱尼斯•史坦普上將透過衛星回線說著。

「這樣的話，可能會引發與中國的戰爭喔！」

「他們因為內戰忙得不可開交，根本無暇應付我們。」

「知道了。我會派出攻擊隊。」

斯塔吉斯中將回答後掛上電話。

「白宮似乎希望挑起與中國的戰爭，派攻擊隊出發了。」

斯塔吉斯中將回頭看看背後的幕僚說著。

太平洋艦隊司令長官雖說：「中國無暇顧及美國。」但是他感到懷疑。因為擁有比自己更多情報的史坦普上將應該充分了解，如此一來就會引發與中國的戰爭。他可能秘密得到來自白宮的指示吧！

在這些問題上，他如果無法了解上層的意向，是絕對不會做出如此重要的決定的。

二十分鐘後，獨立號飛行甲板上的艦載機陸續出發了。

F—十四雄貓戰鬥機陸續在上空飛舞。對艦攻擊機A—七E海盜機及EA—六B電子偵察機也出發了。

熊貓戰鬥機隊的十八架飛機出發後不久，在前方的早期警戒機探查南下的中國軍的編隊。知道是由廣東省海豐空軍基地出擊的殲擊八型戰鬥機二十四架。

殲擊戰鬥機並不是朝向第七十三任務部隊的方向，而是朝著自己艦隊的方向。

出發後三十分鐘，熊貓隊通過中國艦隊東方八十公里的位置，在香港東方一百六十公里的海上上空，遭遇殲擊戰鬥機的編隊。

殲擊八型戰鬥機是中國獨自開發的戰鬥機，但卻從美國導入火器管制裝置及電子器材。為中國空軍的主力戰鬥機。但是現在這些火器管制裝置及電子器材已經落伍了。

熊貓隊在距離接近到一百二十公里時，痲痺殲擊戰鬥機隊的雷達系統，發射痲雀飛彈，並從四十公里的位置發射響尾蛇飛彈。

兩隊擦肩而過時，十四架殲擊機墜落。而在接近戰鬥中，熊貓又用機關槍擊落六架殲擊機。剩下的四架雖然發射飛彈，但是沒有任何一發擊中雄貓戰鬥機。

另一方面，出現在中國艦隊上空的海盜隊十八架飛機，向中國艦隊發射魚叉對艦飛彈。

中國艦隊的主力艦是滿載排水量三千八百噸的旅大型驅逐艦。其裝備包括舊蘇聯製的HY—2對艦飛彈三連裝二座及一百三十釐米砲二連裝二座，還有對潛火箭砲發射機十二連裝二座。

對空武器只有高射砲而已。

中國海軍建造二艘旅大型擴大型的四千二百噸級的驅逐艦，但並沒有配備對空飛彈。因為並沒有開發控制對空飛彈的自動管制裝置或電子機器。

海盜隊每三架飛機分為一小隊，朝著各自的目標前進，發射魚叉對艦飛彈，立刻擊沈六艘中國艦。唯一擁有對空飛彈最新銳的護衛艦雖然發射了飛彈，但是並未命中，反而被擊沈。

剩下的六艘艦艇開始朝西南方逃走。

(18)BBC香港分局的威廉·史蒂文生的報告

「今天下午三點左右在香港島南方二百公里的海洋上發生軍事衝突。今天早上離開香港的巴拿馬籍美國客貨船海灣號被封鎖海上的中國艦隊擊沈。得知這個消息的美國航空母艦部隊攻擊中國艦隊。

海灣號上似乎載著很多想逃往新加坡避難的香港市民及來自中國的政治流亡者。他們大多得到在附近航行的台灣及日本的貨船和漁船的救助,在美國艦隊的護衛下,據說已經航向菲律賓。

美國國防總署的發表顯示,在這次的軍事衝突中,美國擊落二十架中國飛機、擊沈艦船六艘,美國沒有任何的損害。

北京一直保持沈默,深圳地區的兵力一直持續增強,香港地區擔心中國軍隊入侵的不安情緒持續高漲。

中國今日下午五時停止供應香港地區自來水。香港從明天開始就會陷入嚴重的缺水狀態中。香港總督馮定康對於這種非人道的行為,對中國政府提出嚴重的抗議。報復措施則是打算沒收在香港的中國系企業的資產。

有幾艘搭載打算從香港逃脫之市民的船隻離開了港口。台灣政府已經宣布不需要任何護照可以收容他們。

為了警戒中國軍隊的空襲，香港市內進行燈火管制，晚上九點以後禁止外出。

未確認的情報顯示，來自琉球的美國海軍已前來防衛香港。

在這種不安的氣氛中，香港市民的希望則是在本日午後，在廣州以葉選平先生為臨時主席的華南臨時政府誕生了。葉選平先生呼籲市民拿起武器，向北京反叛者挑戰。同時也希望國際社會能支援華南臨時政府。

以上是來自威廉・史蒂文生的消息。」

八月二十九日晚上八時

聽到空氣調節機沈重的聲音。

從高大的天花板上垂掛下來的古典吊燈下方，有八個人圍著長桌坐下。

在中央的長桌左右，穿著軍服的人民解放軍的參謀們，一邊聽會談內容，一邊記下筆記。

這是在中國共產黨本部的四樓房間。從晚上九時開始召開黨中央軍事委員會。黨中央軍事委員會的成員與國家中央軍事委員會的成員相同。

在此的決定是黨的決定，同時也是國家的決定。楊尚昆代替自決的主席江澤民就任主席的職務，副主席為劉華淸、張震。

其他四人則是遲浩田、張萬年，及人民解放軍總政治部主任于永波、人民解放軍總後勤部副部長張彬，除了這七個人以外，還有楊尚昆的弟弟，在此擔任秘書長，亦即，三年來一直在停職中的楊白冰也露臉了。

楊白冰自從哥哥楊尚昆被卸除公職之後，以健康不佳為由，被迫停止一切公職，因此他對於江澤民當然不斷地抗議。江澤民則因其對於人民解放軍具有極大的影響力，因此無法卸除他的職務。

哥哥楊尚昆在一九〇七年五月出生於四川省，為地主之家的子弟，畢業於上海大學。一九二六年加入中國共產黨，領導上海的勞動運動。一九三四年也參加毛澤東的長征。

一九四五年被任命為中共中央軍事委員會秘書長。長時間擔任這個職務，培養軍隊內的勢力。

因文化大革命而失勢。不過一九七八年卻因鄧小平而恢復了名譽，一九八二年擔任黨政治局員，翌年成為軍事委員會副主席，一貫支持鄧小平。

一九八八年四月就任國家主席，同年十一月擔任黨軍事委員會副主席，僅次於鄧小平，保持第二的地位。

但是，他認為鄧小平推行的經濟開放路線過度，應該要剎車，因此天安門事件後被鄧小平撤去職務。

這幾年來因為高血壓，體調不好，而且因為飲酒過度，據說有酒精中毒的現象。

但是，由於長時間處理人民解放軍的人事事務，因此軍幹部中三分之一都是受他照顧的部下。這種隱然的力量，劉華清也不敢忽視。

同樣屬於軍事委員會成員之一的遲浩田部長，就是他的女婿。

總參謀長張萬年也一直受到楊尙昆的照顧及提拔。他能登上總參謀長的寶座，也是依賴楊兄弟之賜。

實際掌握中央軍事委員會實權的劉華清說：

「人民解放軍總參謀部報告進攻廣州的準備已經做好了。但是對於廣州的進擊不斷拖延，很難處理。看到政府猶豫不決的態度，一位反體制活動家所掀起的暴亂或西藏的暴動都可能會發生。而在廣州，葉選平呼籲一般市民拿起武器對抗政府，經過一段時日後，他們的武裝化也會不斷推進。為避免他們有不斷擴大的餘裕，應該要趕緊進攻廣州。」

劉華清看著出席者，似乎沒有人反對。

「很好。那麼對於廣州的進攻預定今夜進行。」

主席楊尚昆用軟弱的語氣決定了。

「接下來的問題是香港問題。聽說今天在香港還舉行反對歸還中國的示威遊行。即使到了九七年七月的歸還日期，可能還會有部分香港居民因為反對歸還而引起暴亂，想要加以鎮壓並不容易。歸還後的武力鎮壓可能導致英國和美國介入，而形成國際複雜情勢。如此一來，現在進攻廣州的同時，最好也能制壓香港。」

劉華清認為接下來的問題就是香港問題。

「不，香港暫時不要管他。現在如果派軍隊進入香港，恐怕讓英、美二國有藉口介入，我反對派軍隊前往香港。」

于永波委員陳述反對意見，遲浩田也同意地點點頭。

「但是總是要派軍隊前往香港。我不認為應該接受一部分香港居民反對歸還的暴動行為。趁現在解決香港問題才是上策。動員民主建港聯盟，與反中國派處於內戰狀態下，以壓制這種混亂為目的出兵的話，相信美國和英國也沒有介入的藉口。」

總參謀長張萬年支持介入香港。

「國防部長的想法如何呢？」

劉華清看著國防部長遲浩田而問他。

人民解放軍幹部分為與軍統帥指揮有關的出身，以及與政治部有關的出身二派。

遲浩田於一九二九年七月出生於山東省。一九六九年擔任蘇州市革命委員會副主任，而為西方國家所熟知。

當時他是文化大革命的推進者，但是在中途無法得到江青等極左路線的照顧，因此跟隨岳父楊尚昆轉為右派。

一九七七年擔任人民日報副總編，但後來突然被大力拔擢為人民解放軍副總參謀長。

無論如何，他的確是受到岳父楊尚昆的提拔。一九八五年擔任濟南軍區政治委員，八七年十一月開始擔任軍總參謀長的要職。

九二年十一月在第十四屆黨中央委員總會中，他將總參謀長的寶座讓給張萬年上將，自己則擔任國防部長。

同時，岳父楊尚昆也從公職中退休。而他擔任國防部長的任命，就是讓楊尚昆退休的代價。

遲浩田並非聰明、能力強者，只是一個平庸的男子。

遲浩田陳述自己的意見。

「我反對，如果採取張萬年上將所說的政策，恐怕香港會出現很多死傷者。英、美可能會以此為藉口而介入。昨天的海灣號擊沈事件，使得美國對我方抱持極大的反感。如此一來可能會引發與美國的全面衝突。」

遲浩田在會議之前，從外交部長錢其琛那兒接到的報告是：美國政府的態度強硬。如果中國方面還是採取強硬的態度，當然免不了會引起戰爭。

「不，不管發生什麼事情，美國都會介入，帝國主義的美國的目的就是使社會主義的體制崩潰。美國的目標就是琉球的海軍在香港登陸，進佔廣州，在廣州建立傀儡政權，因此要以軍事佔領香港。」

總參謀長張萬年反對國防部長遲浩田的意見。

「我的意見也一樣。」

劉華清說道。

「如此一來就會與美國展開全面戰爭。」

「美國不可能佔領我國。如果要進行真正的戰爭，美國不到百萬的兵力，而且派遣到中國至少需要三週到一個月的時間，因此他們不可能佔領中國。美國的強力姿態只是外交的姿態而已。逼迫我們做外交讓步。」

人民解放軍總參謀部的判斷，認為美國不可能決定掀起全面的戰爭，進行軍事介入。

「不，派遣軍隊進入香港最好暫緩實施，先觀察香港的動靜再說。要先確認美國和英國的動靜，到時再決定還不遲。首先要先使廣州的葉選平屈服。」

總政治部主任于永波支持遲浩田的想法。

「主席對於香港問題有什麽想法呢？」

劉華清詢問楊尙昆的意見。

楊尙昆用含混不清的聲音說道：

「我贊成政治部主任于永波的意見。同時與幾個敵人作戰並不是好事。先收拾廣州問題，然後再來討論香港問題。」

「副部長張彬的想法呢？」

劉華清最後詢問人民解放軍總後勤部副部長張彬的意見。

「我支持總參謀長的意見。」

「我也是。不論在政治和軍事上都必須要佔領香港，而且越快越好。」

副主席張震也支持佔領香港。

「那就佔領香港好了。這樣在將來才不會留下問題。其次討論海灣號擊沈事件。」

劉華清決定進攻香港之後，議題繼續進行。反對者已經無法再反對了。

「今天事件的概要就由海軍總司令部作戰部長說明吧。」

副主席劉華清回頭看著並排在後方的軍隊幹部們。指名海軍總司令部的作戰部長。

海軍作戰部長孫永建上校站了起來，開始讀準備好的筆記。

「美國的海灣號搭載從中國逃到香港，打算秘密出國的政治犯八十六名。在本日上午八時四十分離開香港。八十名中有三十七名是公安局發出逮捕令的人，其中可能包括前國家主席趙紫陽在內。遵從中央軍事委員會的指示，在香港南方的海上警戒的南海艦隊奉命攔截海灣號，逮捕政治犯。南海艦隊的驅逐艦大連號在下午一時三十分，確認航行中的海灣號後，發布停船命令，但對方不遵從指示，因此進行威嚇射擊。但對方仍不停船，因此砲轟對方的船身。使得海灣號無法航行，人員逃離。這時在北緯二十一度，東經一百一十五度附近有美國艦隊所派出的戰鬥機出現在上空，對大連號進行機槍掃射。大連號也加以應戰。這時美國艦隊又派遣攻擊隊飛到上空，南海艦隊的艦船對戰機發射對空砲火，擊落一架戰機。」

「擊落一架嗎?美國說沒有任何飛機損失呀!」

楊尙昆很驚訝地詢問。

「美國的發表是錯的。正確的記錄是擊毀一架戰機，二架受損。」

「很好，繼續說明。」

劉華清催促他。

「南海艦隊從雷達偵測到美國艦隊又派遣六架攻擊機前來，於是撤離現場，朝陽江前進。到了中途，在澳門南方八百公里的海洋上，從陽江軍港出擊的我方十二架戰鬥機，與美國軍機交戰，三架被擊落，我方則擊落對方一架戰機。我方一艘護衛艦被美國軍機以飛彈攻擊擊沈。後來美國的航空母艦朝東移動，似乎害怕我們的激烈反擊。」

海軍作戰部長以平淡的語氣說明狀況。

到了夜晚，可能認為雙方都不希望軍事衝突繼續擴大，因此不再進行戰鬥了。不過在現場的確是瀰漫著一觸即發的氣氛。

「CIA的克龐德的工作可能就是美國打算干預中國內政的行為。這時我認為應該採取斷然的措施，阻止美國的干涉，各位認為如何呢？」

劉華清聽完海軍作戰部長的說明後，詢問其他委員。

「在此之前我想問的是，趙紫陽是否搭乘海灣號？」

張震副主席詢問。

「不知道。南海艦隊正想詢問棄船的人員加以確認時，沒想到美國軍機到來了。」

「這算什麼嘛！那麼擊沈海灣號根本沒有意義啦！」

于永波生氣地說著。

「對不起。」

作戰部長面紅耳赤地道歉。

「他真的逃到香港了嗎?」

「逮捕了協助趙紫陽逃往香港的二名男性。根據他們的供詞,他的確是逃往香港了。」

「會不會還躲在香港呢?」

「也有這種可能。」

「聽說他搭乘海灣號的情報是正確的嗎?」

「趙紫陽雖然有這種打算,但是可能觀察到危險,因此未搭乘海灣號。但是沒有任何情報顯示他躲在香港的外國外交機構中。因此藏身於市內某處的可能性也很大。」

「如果趙紫陽逃到美國或西方諸國,他會被當成英雄而建立傀儡政權,一定要找到他並除掉他。命令潛伏在香港的工作員徹底按照指示行事。」

對於劉華清義正辭嚴的一番話,大家都好像同意似地點點頭。

（19）美國廣州領事哈曼渥卡發給國務院的電報

「國務院長官

緊急

極密

關於廣州的情勢。

北京政府方面有可能在今晚派遣軍隊進攻廣州。廣州成立的臨時政府呼籲市民起來抵抗。廣州軍區開放武器庫，將武器交給市民。整個廣東省的情況因為混亂而不明。各地也有貧農和人民解放軍暴動的情報傳出。但是臨時政府的發言人說，不像四川省等內陸部的規模那麼大。

昨晚本人和臨時政府主席葉選平進行二小時的會談。本人提議對他進行軍事援助，而他則單刀直入地問美國的要求是什麼?

本人則回答美國除了希望確保民主主義和保證人權以外，沒有其他要求。

葉選平唯恐中國分裂，成為列強瓜分之地。所以美國應該避開露骨的介入，採取長期的政策。

會談中也談及葉選平的個人秘書陳雁壯。他卻說沒有這麼一位個人秘書。根據領事館的調查，這位女性似乎是中國秘密工作機關的人員，邁爾茲・克龐德可能已經中了他們的圈套。

關於邁爾茲・克龐德，我國一定要否定他是CIA的職員，同時要堅持他被逮捕方面的捏造。如果他被處刑，在美國一定輿輪沸騰，支援政府的對中政策。」

八月三十日凌晨零時

午夜零時，第十二軍成一列縱隊，停在廣東省與江西省州境大庾街，南郊外的線道路上。

大庾昔日稱為梅嶺關，是從江西省到廣東省的關卡。唐朝時，到梅嶺關為止是中國唐的領土，越過梅嶺關以外就異國之地。

現在這個關卡還殘存著。

過了午夜零時，第十二軍第十七師團朝廣州移動。目標是廣東省的省都廣州。

在同一時間，湖南省與廣東省州境江華，也有第九戰車師團與第三汽車化師團所組成的第七裝甲野戰軍隊，朝廣州前進。

葉選平的臉上表情憔悴，坐在沙發上。

臉上的鬍髭雜亂，臉部肌膚缺乏生氣。

四天來他幾乎不眠不休地留在廣東省政府，負責指揮。

一九二四年十一月，這位政治局常務委員葉劍英的長男出生於廣東省。幼時被參加長征的父母帶到延安，在共產黨於延安建立的自然科學院學習科學技術。

一九五二～一九五三年，在蘇聯的機械工廠進行機械工學的實習，歸國後在各地工廠擔任技術者。

他雖然對政治有興趣，但對機械工學卻更表關心。

藉著父親葉劍英的關係，進入行政部門，成為北京市機械工廠技師長，在國家科學技術院致力於機械工學的發展。

不具有什麼國家意識或思想，反而對於科學技術及機械工學深表關心，因此擁有合理的科學思考能力。

鄧小平復活，開始進行經濟開放政策後，派他擔任出生的故鄉廣東省的副省長，二年後八二年一月，任命他為廣州市長，負責指揮廣東省和廣州的經濟發展。

一九八五年八月任廣東省長，在廣東省沿岸部的經濟開發上展現了驚人的成果。以外，也延聘西方諸國人士，進行技術研究，希望廣東省能成為中國第一的經濟先進地帶。

北京的中央政府認為他擁有太大的力量，察覺他將不服從中央政府的危機感，於是在一九九一年五月，中央政府卸除他的廣東省長職務，改任命他為全國政治協商會議副主席。

頭銜雖進陞了，但實際上卻是被迫擔任閒職。

後來他就住在廣州的自宅，只有參加重要會議時才前往北京出差，只能等待時代的改變。

他並不在意社會主義體制，即使北京的中央政府捨棄社會主義，轉移為資本主義，他也不反對，對他而言，任何一種主義都可以。

但是他卻強烈反對毛澤東時代的統制經濟。

「如果北京政府想要毀滅我們所做的事情，我們就應該拿起武器來抵抗他們。」

他在一九九四年八月對法國的新聞記者這麽說。

北京傳出鄧小平病危，而且展開了權力鬥爭，同時接到江澤民主席死亡情報的十九日開始，他趕緊和廣州軍區司令官、空軍南方軍區司令官等人取得聯絡，希望他們能效忠自己。

二十七日進行廣播電台演說，呼籲國民能與北京的保守領導部對抗，在廣州頒布戒嚴令，不斷演說，要廣州人拿起武器來作戰。

在廣州市內，八萬名市民聚集在省府前廣場，熱烈地歡迎葉選平。

廣州軍區司令部將武器交給這些市民，編成義勇軍，負責防衛廣州。

二十七日、二十八日二天，依附北京方面的湖南省的空軍部隊，對廣州進行砲轟。

支持葉選平的廣州空軍基地趕緊派出攻擊機，同時，對空防衛部隊也利用飛彈和對空機關砲應戰，擊落二架來襲的戰鬥攻擊機。

因此，廣州市的市民士氣大振。

葉選平在廣東省採取的這些方法，對於浙江省及福建省也造成影響。浙江省長及福建省長也表明支持葉選平。

上海市長也表明支持葉選平。逃到上海的朱鎔基被視為是江澤民的後繼者，而上海市民卻似乎並不支持打算採取中庸路線的朱鎔基，而支持宣布與社會主義訣別的葉選平。

結果，從上海到湛江的沿岸部，經濟發展地帶，都成為葉選平的同志。

「葉主席，軍區司令官打電話來。」

一位秘書從隔壁房間跑過來告訴葉選平。

葉選平好像要擠出氣力似地站了起來，走到辦公桌旁，拿起電話。

「我要回電了。」

電話連線之後，聽到廣州軍區司令官李希林上將的聲音。

「鎮壓軍越過省境，朝韶關逼近，韶關可能保不住了。侵入的部隊是戰車部隊及汽車化部隊。今天晚上他們會到達廣州市。我想在英德附近建立防衛線。請允許我在英德配置三個師團義勇軍及第二十一戰車師團。」

「當然答應你。」

葉選平毫不猶豫地答應對方。

英德是廣州北方一百二十公里處的街名，位於北江流域，是一個盆地。利用這個自然地形建立防衛線，就是廣州軍區司令部的作戰策略。

「惠陽的空軍部隊可以出動了嗎？」

「不行。惠陽第一百一十八飛行師團拒絕出動。他們甚至可能會攻擊我們。」

李希林上將對於軍區的空軍部隊有指揮權。因此他命令在惠陽空軍基地的第一百一十八師團出擊，但是對方拒絕。

憤怒的他通知要卸除師團長的職務時，對方反而說：「你是反叛者，我要逮捕你。」

「上將，你的部下們會服從你的命令嗎？」

「有幾個部隊拒絕服從命令。尤其是駐屯在肇慶的連隊，襲擊肇慶的市政府，佔領建築物，召集不遵從省政府命令的居民。有同樣情況的街道在其他地方也有好幾個。不過大致上廣東軍區的部隊都支持你。與張萬年總參謀長有關的幹部們都逃到江西省或湖南省了。」

二人的談話被附近轟隆隆的噴射機打斷了。

「李上將，好像是空襲。先掛上電話，有什麼事再聯絡吧！」

葉選平趕緊掛上電話，靠在窗邊向外眺望。二架噴射機從雲中急降。在省政府建築物北側，黃花崗公園的對空機關砲朝著上空射擊。

噴射機發射火箭彈。

葉選平離開了窗邊。

「是空襲，大家到地下室避難。」

大叫著。

跑到走廊時，聽到「砰！」的爆炸聲。同時省政府的建築物被二發火箭彈擊中。轟隆的聲音響起時，地面劇烈搖晃，聽到玻璃破碎的聲音。

天花板的灰塵落了下來。

葉選平搖晃地扶著牆。

又一發砲彈，比先前的衝擊更大，而且爆炸的聲音更響。

二架噴射機在建築物上方發出轟隆隆的聲音飛走了。

在屋上的高射砲開始射擊。

「不要緊吧！」

一位秘書跑了過來，抓住葉選平的手臂。

「不要緊。但是我們沒有空軍，可能守不住廣州，只好依賴美軍的支持。」

這時葉選平決定請求美軍支援。

(20)AP通信社的配信消息

「八月二十九日上午十一時

由華盛頓發出

二十九日上午十時，在白宮召開的國家安全保障會議，向柯林頓總統提出以下的提案：

⑴、由於中國軍隊進攻香港迫在眉睫，因此駐守在琉球的第三海軍師團要趕緊進駐香港。此外，駐守在夏威夷的第二十五師團要經由日本的橫田基地進駐香港。

⑵、為支援華南臨時政府，在第七艦隊指揮下的一個航空母艦群開往香港。

⑶、中國的北京政府可能宣布與美國作戰。第七艦隊指揮下的一艘航空母艦群配置在東海。而第三艦隊的一艘航空母艦群編入第七艦隊，派遣至西太平洋。

⑷、趕緊強化在日本、韓國、關島的空軍部隊。
⑸、動員三十個陸軍師團，在二週～三週內，準備派遣到中國。
⑹、中國的北京政府可能攻擊美國及其同盟國，因此要進行與日本、韓國、台灣等政府的協防協議。

柯林頓總統將在本日檢討這些提案，做出決定。此外，從上午十一時開始，國務卿克里斯多福和中國大使胡敦信展開會談，預定在席上討論邁爾茲．克龐德事件。

國務卿克里斯多福在十時四十分敍述『中國想將不當逮捕的貿易商克龐德，當成威脅ＣＩＡ的盾牌使用』，因此要求釋放克龐德。」

八月三十一日上午八時

中國軍隊攻擊香港的傳聞已經傳遍了，香港有許多人都想逃走。香港的實業家們爭相將家族送往美國和新加坡避難，因此全都擁向機場。但是機場依然關閉，於是又擁向港口。三十日早晨，二架中國飛機越過國境，出現在香港上空，引起一陣恐慌。

從香港開往外國的船隻全部超載，船的數量不足。最近十天內大約有二十萬人逃往國外，這是香港政府發表的統計數字。

香港的股價暴跌。

香港總督馮定康為使市民安心，發表駐守在琉球附近的美軍第三海軍師團被派遣到香港的消息。

海灣號事件更令香港人感到不安，而希望趕緊逃到國外。

香港民主同盟為了防禦香港而呼籲市民站起來，在這天計畫進行向中國抗議的示威遊行。

英國系報在八月三十一日的早報刊載，前中共主席趙紫陽逃到香港的消息。

仁科待在希爾頓飯店的房間裡閱讀這份報導。

情報的出處似乎是中國的公安部。可能是趙紫陽逃離時，負責接送趙紫陽的二個人被中國公安逮捕，而坦白說出實情吧！

中國方面得到這個消息後發佈消息，希望在香港的親中派的中國人能夠注意趙紫陽。

也就是說，想要找出潛伏在香港的趙紫陽。

救出趙紫陽後，林敬明和仁科先到位於九龍地區的周德海的自宅。

只有仁科回到希爾頓飯店，與領事館的佐佐木取得聯絡，計畫利用日本飛機幫趙紫陽逃往日本。

但是二十九日起香港機場關閉，飛機無法起降。

（如此一來，該怎麼幫助趙紫陽先生逃到日本呢？）

最初的預定計畫無法進行了，仁科感到非常傷腦筋。

這時電話響起，仁科停止思考，拿起電話。是佐佐木打來的。

「是我，你還好嗎？」

「到目前為止還很好。」

「我告訴你，香港的中國秘密工作機關似乎知道整個事件的背後是你在搞鬼。先前有一位女性打電話到領事館問『仁科先生在嗎？』但是沒有報出姓名來，從口音聽起來是中國人，可能是中國的工作機關吧！」

「我在香港沒有女朋友呀，當然，櫃台小姐例外。」

「你也要小心她喔！香港的中國人有一半都想趁機靠向中國方面呢！」

「我知道了。中國的公安機關也知道我待在這家飯店裡，現在大廳中有二個中國人一直監視著我。但是他們目前還沒有辦法掌握我和趙紫陽先生的關係。」

「喂，不要隨便說出姓名來喔！這電話可能會被竊聽。你還沒有吃早飯吧。我到你那兒去一起吃飯吧！」

「好。我知道了。我在下面的餐廳等你。」

仁科準備好後走向一樓。大廳中仍有二名監視他的中國人。二人一邊叨著香煙，一邊聊天。看到仁科突然改變話題，以露骨的態度把身體轉向他，盯著他看。

仁科佯裝不知道地通過二人的面前，走向餐廳。

進入餐廳時，停下腳步回頭看看，在距離十公尺的通路上看到二人中的一人。

仁科正喝著咖啡時，佐佐木來了。

「早安。」一邊說著，一邊拉開椅子在他的對面坐下。

「監視這麼嚴，沒有逃脫的方法。而本國外交部似乎也不願趙紫陽逃亡到國內，不打算給他入國護照。而且大臣命令外交機構不可以幫助趙紫陽逃亡。似乎為避免與中國新的領導部發生衝突。啊！每次都是這樣。」

佐佐木和香港領事岩崎敏也談判，希望他能幫忙辦理趙紫陽的入國護照。

但岩崎不敢擅自決定，猶豫不決，不願意發出護照，因此詢問本國外交部，但是東京外交部卻說「不能讓他入國」。

「這可就糟糕了。可是政治庇護在國際上也認同的呀。如果不管有沒有護照，趙紫都希望逃到日本的話，我們是不是要幫助他呢？外交部真是可惡。」

「搭飛機也不行，乘船也不行。還有什麼辦法可以逃走呢……？」

佐佐木表情凝重，雙臂交疊地沈思。

這時，監視仁科的二名中國人假裝是客人進入餐廳中。在距離不遠的桌前坐下。

「他們也來了。大概想監視偷聽我們到底說些什麼！」

仁科瞄了他們一眼，提醒佐佐木注意。

「中國的公安機構手段非常狠毒，仁科，你可要注意一點喔！」

「嗯。可是如果被攻擊，我又沒有帶武器，只好舉手投降了。」

「ＣＩＡ的邁爾茲‧克龐德也被誘騙，拘留在中國的公安機構。前天美國的二名ＣＩＡ職員為調查克龐德事件而到香港來了。」

這時，監視的一名中國人做出取出香煙的動作，取出了打火機。

嘴巴叨著香煙，做出用打火機點火的動作，但是卻朝著他按下快門。

可能打火機是小型的相機。

拍的不是仁科，而是佐佐木。

「在拍佐佐木的照片喔。可能你也會成為他們的敵人喔！」

「還在這兒監視，可見得他們還沒有找趙紫陽的藏身處。趙紫陽一定要趕快逃走。如果再猶豫，中國軍隊就要入侵香港了。」

早餐送來了。

二人不再談論政治話題，專心吃東西。

廣州受到攻擊的情報不斷送到香港。香港有很多人乘著小船越境，數萬人從深圳地區逃到九龍半島。

香港政府並未加以阻止，反而放任不管，因此北京中央政府責難香港政府故意幫助罪犯逃亡。

各種傳聞滿天飛。到底何者是真、何者是假？很難分辨。

例如：台灣支持葉選平的華南臨時政府，據說台灣政府的密使已經進入廣州了。

還有，香港總督馮定康的使者與葉選平取得聯絡，在不久的將來要派遣英國軍隊的艦隊和陸軍部隊抵達香港。

朝鮮半島上也議論紛紛，有人擔心金正日的北韓會入侵南韓。因此南韓全境的軍隊都處於非常警戒狀態。

在中國各地，上海要求民主化的市民暴動出現，公安和軍隊發生流血慘事。天津和南京也發生同樣的事件。

「仁科，可以先準備船將趙紫陽載往台灣，從台灣再秘密送入日本。」

「那麼，如何準備船呢？」

「我在香港認識一些從事海運業的實業家，和他們商量看看好了。當然我不會說出趙紫陽的名字的。」

「秘密不會洩露吧！」

「這些實業家民主同盟的幹部，應該不會洩密，我去問問這些人。你要做什麼？」

「昨天林敬明沒有和我聯絡，今天我想到他那兒去看看情形。」

吃完東西後，佐佐木和仁科說完這番話之後就分手了。

回到房間準備外出的仁科，走出希爾頓飯店，這時二名監視的中國人還是跟在計程車後面。

邁爾茲・克龐德聽到走在水泥地上的腳步聲。

躺在簡陋木製睡床上的他，掀起被子，用腳尖找腳邊的拖鞋站了起來。

（吃早餐了吧！）

聽到門打開的聲音。

穿著綠色制服的看守員打開門，露出臉來。

「出來。」

看守員用中文說著。搖搖下巴。

克龐德摸摸頭，走向出口。

這是一間潮濕、充滿黴味的單獨囚房。

清醒時他已經來到北京公安部的建築物內。好像餵他服用藥物，醫生為他進行簡單的治療。

接下來的幾天內，接受嚴格的盤問。到了第三天，他被注射自白強制劑。

結果，他說出自己在香港偽裝經營貿易公司，事實上是ＣＩＡ職員，在香港從事活動，把一切都坦白說出。

雖然想保持沈默，但是知道心理的壓抑對自己不利。

中國的調查官似乎知道帕爾巴克行動的事情，一直問他。

爲什麼他們會知道帕爾巴克行動呢？克龐德覺得不可思議。可能情報洩露給中國方吧！

站在通路上穿著普通服裝的男子，看著站在看守員後方的克龐德，他是四位調查員中的一人。

看守員抓住克龐德的手臂。

「克龐德，你們國家的大使來看你了。」

這位調查官嘴角露出淺淺的微笑說著。

「要釋放我了嗎？」

「不！只是見面而已。到這兒來。」

調查官先走了出去。

天花板上吊著一個電燈泡。

骯髒的牆壁和天花板的水泥都有裂痕，這是非常古老的建築物。

爬上水泥階梯走到一樓，沿著通路往左轉，進入會客室。

「會面時間只有五分鐘，只要不說一些對我國不利的話，不久你就會被釋放了。」

在屋前，檢察官用生澀的英文對他說。

克龐德默默無語地聳聳雙肩，通過調查官旁，進入會客室中。

正面有鐵窗，對面則是駐北京美國大使賀蘭德・史密斯很生氣地瞪著克龐德。

克龐德坐在簡陋的椅子上，隔著鐵窗面對史密斯大使。

看看背後，只有看守員站在門的附近。

當然這個房間某處可能裝了竊聽器，竊聽他們的談話內容。

「克龐德，你還好吧？」

史密斯大使先問他。

「當然不好囉。趕緊和中國政府交涉，把我從這兒帶走吧！」

「當然，我們和中國外交部交涉。他們有沒有以不人道的方法對付你，虐待或拷問呢？」

克龐德警戒竊聽器，輕輕地點點頭。

「情勢如何呢？在這裡不能看電視或報紙，所以外面的世界到底如何？實在是無法想像。」

「情況非常惡劣。總統真的打算對華南臨時政府進行軍事援助。如此一來大使館可能要從北京撤回？」

「那我怎麼辦？我被丟下來嗎？」

他不安地詢問著。

「國務院和CIA對於你的自白感到非常失望。」

大使把臉靠過來，用很難聽到的聲音低聲說道。

「我被注射藥物了，我沒有辦法抵抗，如果你和我在同樣的立場中，你也會自白的。」

克龐德很生氣地大叫。

「噓，不要這麼大聲，你中了圈套了。和你接近的葉選平的秘書是中國秘密工作員。偽裝為葉選平的秘書，把你帶走。」

「哈哈哈……。真是光榮呀。我將會名留青史，真是愚蠢的CIA職員。」

「不要開玩笑了。第七艦隊和中國海軍在南海爆發軍事衝突。中國軍隊已經進攻廣州，內戰開始了。其他主要都市反對北京新領導者的民衆也發起了示威遊行和集會。整個中國就好像被攻擊的蜜蜂窩一樣，陷入大混亂中。」

「所以，為了國家要犧牲我們這些職員囉？」

「沒這回事。」

賀蘭德‧史密斯用小而低沈的聲音，很生氣似地說道。

「總之，至少應保障我的人權。請和中國政府交涉，至少應該讓我看英文報。」

「知道了。飲食如何？」

「食物呀，什麼都能吃。我很喜歡吃中國菜。」

他所吃的飯菜全都是中國的食物。普通的美國人很難受，但是克龐德卻能吃。

「總之，我會全力協助，希望使你被釋放。老實說，中國似乎想以你為人質。而我國的外交政策因此而受到限制。可是白宮對於你的事情卻絕口不提。最惡劣的情況是中國可能會對你判處重罪。你要覺悟到最惡劣的情況喔！」

史密斯大使以冷淡的語氣說著。

「你不要開玩笑了。我為美國政府工作。我是接受來自上層部的命令。總統應該有保護我的義務。」

克龐德根本忘了被竊聽的事情，在那兒叫著。

「你的說法的確很合理，但國家本來就是很無情的。為了國家的利益，就算個人的生命可能要犧牲，根本就不放在眼裡。我長時間過著外交官生活，非常了解這一點。」

賀蘭德・史密斯看著手錶，似乎是在等著五分鐘的到來。

「總之，即使在絕望的狀況中也不可以放棄。我保證一定盡力協助你的釋放。」

說著，賀爾蘭・史密斯站了起來。

站在背後的看守員走了過來，把手放在克龐德的肩上。

「史密斯大使，請你告訴總統，他是個混蛋！」

(21)CNN電視台北京分局員肯尼斯·馬肯吉的報告

「現在我在北京東北三百公里的位置，在我眼前陸續有戰車通過。

由於空軍部隊的出動，由北京被趕走的第四戰車軍沿著街道逃到東北。現在第四戰車軍在秦皇島建立防衛線，準備迎擊。

受到依附北京方面的空軍部隊的空襲，第四戰車軍許多的戰車和裝甲車遭到破壞。我們到達此處的中途就看到很多遭到破壞的戰車和裝甲車。

北京軍區的發言人發表，先前的戰鬥約逮捕了五千名俘虜。

新的情報顯示，依附東北臨時政府的王克將軍的第四野戰軍的精銳部隊，已從錦州朝秦皇島南下中，在秦皇島附近可能會引起大規模的戰鬥。

此外，在東海的航空母艦卡賓森號已經開往渤海灣。可能卡賓森號的艦載機也會出擊。

情勢非常複雜、混亂，跟隨瀋陽軍區空軍部隊分為效忠王克將軍的部隊及效忠北京政府者。北京派的空軍部隊的軍用機多數朝北京逃走。

啊！聽到噴射機的聲音了，因為有雲看不到，似乎是飛向秦皇島的北京方面的攻擊機。

內戰到底要持續到什麼時候呢？我們到達此處以前，見到很多人，其中也有很多因砲擊而家破人亡的人。

可怕的事情在我眼前出現，這可以說是二十世紀後時期的大量殺人事件。人類真的能活到二十一世紀嗎？

肯尼斯・馬肯吉的報告」

八月三十一日晚上九時

航空母艦獨立號的亞蘭・斯坦吉斯中將，在中國軍隊發生軍事衝突後，為避免紛爭擴大，將第七十三任務部隊往東移。在八月三十日正午，到達北緯二十度，東經一百二十度的位置。

最近，在極東地區的所有美軍部隊，為防範與中國的軍事衝突，都進入非常警戒狀況中。

此外，韓國和台灣也進入非常警戒狀態，以防不測。

美國總統柯林頓發表聲明：「如果中國軍隊入侵香港，美軍會加以阻止，不惜動用軍事武力。」這是在三十日下午二時過後的事情。

後來，斯坦吉斯中將接到來自夏威夷太平洋艦隊司令部的命令。

「第七十三任務部隊要阻止中國軍隊入侵香港，同時粉碎進攻廣州的地上軍。」發布新的命令。

後來，在關島的第七艦隊旗艦布爾里吉號將幾張照片傳到獨立號的戰鬥情報室。那是由偵察衛星拍攝的，在香港和深圳地區國境附近集結的中國軍隊的照片。此外，根據來自布爾里吉號的情報，中國空軍機已經集結於沿岸。

三十日午後，大量情報進入獨立號的戰鬥情報室。

在上海、天津、青島等地，市民和軍隊仍然持續市街戰。

在廣東省，為了擊潰華南臨時政府而侵入的中國軍戰車部隊，已經逼進廣州附近，與武裝市民之間展開戰鬥。另一方面，內陸部的農民暴動持續擴大，地方的鄉鎮市行政機構和黨組織都被佔領。

原本分離主義色彩強烈的東北地方，由遼寧省長聞世震，吉林省長、黑龍江省長協商後宣布獨立。

北京的新領導部對於全國人民解放軍、空軍、海軍發布總動員令，並在主要都市頒布戒嚴令。

三十日下午五時，第七十三任務部隊再次改變航路，朝香港海灘前進。

三十一日夜晚九時，第七十三任務部隊抵達香港東南三百公里的位置。做好隨時都可以出擊的準備。

深圳地區中國軍隊的動向，不斷傳入獨立號戰鬥情報室。

包括由偵察衛星用紅外線攝影機拍攝的影像、設在香港的美國海軍情報部的情報、布爾里吉艦的情報，以及深圳地區的中國軍無線電通訊解析情報等。

因此，獨立號了解到深圳地區集結的中國軍隊，有一個汽車化師團、一個步兵師團，以及後方潛藏的一個戰車師團。

惠陽的空軍基地有六十架戰鬥機和戰鬥攻擊機集結，保持隨時都可以離陸的狀態。

到了晚上十時，國防部的緊急通信說明，情報顯示中國軍隊的香港攻擊行動是在九月一日凌晨三點半。

斯塔吉斯中將是一位活潑的軍人，但這時他卻沈默寡言、表情凝重，坐在獨立號的長官席上，看著來自戰鬥情報室的各種情報。

「洛伊，你認為中國真的會入侵香港嗎？」

斯塔吉斯中將詢問站在旁邊的參謀長洛伊•哥德森少將。

洛伊•哥德森少將這二年來一直擔任參謀長的職務。

洛伊•哥德森出生於德州，是一位個性激烈的海軍軍人。

「中國新的領導部可能認為香港是民主化運動的發源地。如果不壓制香港，就無法壓抑民主化勢力。」

「只要忍耐不到二年的時間，香港就能歸還給中國，為什麼甘冒戰爭的危險而壓制香港呢?對於這些人的想法，我真不了解。」

「香港市民認為英國政府和中國政府是不同的。即使英國答應將香港歸還中國，但是香港許多市民卻反對，因此產生許多新的問題。所以在此之前，中國方面當然會想要壓制香港。」

這時，艦橋中的電話響起。電話傳令兵說道：

「飛行長打電話給艦長。」

向艦長報告。

「接過來。」

斯塔吉斯中將伸手拿起眼前的電話。

「我是。怎麼回事?」

「戰鬥準備結束。隨時都可以發艦。」

「知道了。讓飛行員在候機室等待。」

斯塔吉斯中將做出指示，掛上電話，越過窗子看前方黑暗中的一切。

海面上一片黑暗，有時可看到海面上白色的波濤。

（事情的發展到底如何？沒有人可以事前預料。只有神知道了。）

他在心中這麼想。

距離第七十三任務部隊三百公里遠的香港，為了避開空襲，所有的燈光都關掉。

香港政府宣布香港島內的戒嚴令，而且在晚上八點以後禁止外出。

電視和電台所有的定時節目都中止了，顯示出情勢非常緊張。

香港政府為避免衝突，總督馮定康和中國外交部香港問題負責官吏一直在進行交涉中。

根據電視和電台的報導，中國軍隊依然集結在深圳地區，隨時都可以入侵香港。

仁科利用攜帶型收音機收聽這些消息，同時從躲藏的地方朝吐露港出發。在車子的後座上，被仁科和林敬明夾在中間的中共前國家主席趙紫陽，臉上表情疲憊地坐在那兒。

來到九龍半島的沙田賽馬場時，有警察在路上盤問。

警察舉舉手，做出「停車」的手勢。

甘全部長坐在助手席，回頭對後面的人說著。

「不要緊，交給我吧！」

負責駕駛的周德海停車了。

甘全打開助手席的窗子，對走過來的警官低聲耳語了幾句話，並讓他看文件。

「對不起，請通過。」

警官後退，向他敬禮說著。周德海踩了油門啟動車子。

「部長，你對警官說明什麼？」

仁科在後座問甘全。

「我說『這是重要任務，要趕往埠頭』」。

車子朝吐露港前進，進入定期航路等待所側面的停車場。

「你們在車上等待，船來了我再叫你們。」

甘全說著走出助手席。小跑步地跑向岩壁，消失在黑暗中。

坐在仁科身旁的趙紫陽，好像情緒不穩定似地動著。

「不要緊吧？」

仁科問他。

目前的趙紫陽與照片上所看到的姿態完全不同，白髮增加，老態龍鍾了。

自從天安門事件失勢以來，他很少出現在衆人面前，氣力看似非常衰弱。

「不要緊，謝謝你。」

趙紫陽在黑暗中用鎮定的聲音向他致謝。

仁科打算利用停泊在吐露港海灘的台灣貨船幫助趙紫陽逃走，然後再逃往日本。

甘全部長去尋找將他帶到貨船上的汽艇。

甘全部長喘著氣跑回車邊，打開了門。

「快點，遊艇來了！」

他急忙說著。

「周先生，謝謝你，希望你平安無事。」

仁科向坐在駕駛座上的周德海致謝。

周德海將留在香港，持續為民主運動努力。如果中國軍隊入侵香港，他可能會站在戰車前。許多民主運動家就是打算在中國軍隊入侵香港時，與其作戰。

甘全部長也是同樣的。他們不願意再回到回歸社會主義體制的中國。因此不惜作戰，也要保衛民主主義與自由人權。仁科與周用力握握手，下車了。

先下車的林敬明牽著趙紫陽的手，跟在甘全部長身後，仁科也跟在他們的身後。

走到埠頭，這個已有二、三十名香港市民，拿著行李箱、旅行包聚集在一起，等待接應的遊艇。

看他們的打扮，香港的有錢人。現在他們都必須乘坐同一貨船逃亡了。

林敬明和帽子深戴的趙紫陽一起站在這群人後面。

一艘遊艇從前方的黑暗中慢慢地靠近。

他們站在橫陳在埠頭的棧橋前。船員將繩子投向岸壁，在岸壁的這些人綁住繩子。

他們陸續移到遊艇上。不只是他們，有數萬人以同樣的方法逃離香港。但是，還是有很多從大陸逃到香港的人。

遊艇開走時，上空傳來噴射機的聲響。幾架噴射機在上空盤旋。不久後，香港島出現了閃光。

「可能有炸彈落下。」

林敬明緊張地對仁科說著。

不久後，黑暗中傳來「咚！」的爆炸聲。

站在遊艇甲板上的逃亡者，凝視著火柱衝天的香港島。

「就要開始了。」

四周一陣騷動。中國軍隊終於開始攻擊香港了。

(23)北京廣播電台向日本播放的短波

「這是北京廣播電台向日本播放的短波。以周波數六・九五五兆赫及一八・三〇兆赫播放。

北京軍區法務部於昨日午後召開的特設軍法會議中，判決CIA作員邁爾茲・克龐德死刑。

根據判決文，說明克龐德在香港假借貿易商的名義，經常進入中國，進行和平演變工作。同時他接受美國國務院及CIA的命令，顛覆社會主義中國，並與江澤民、趙紫陽、葉選平、聞世震等人接觸。黨中央委員會政治局、黨和國家中央軍事委員會已經知道他的陰謀，要防範帝國主義者的陰謀於未然。

審判公平進行，基於物證和自白。按照軍刑法第二十七條、第五十一條、第三十二條，判處死刑。

其次是外交部長錢其琛的談話。

昨夜，外交部長錢其琛會見因吊唁鄧小平死去而來到中國的非洲民族會議代表團。席上，外交部長錢其琛做了以下的敍述：

當帝國主義者們藉著CIA嘗試和平演變失敗時，其露骨的野心暴露出來。希望中國分裂、互相產生紛爭，才能坐收漁翁之利。他們的目標就是希望現在已巨大市場化的中國能夠殖民地化。

美國的冒險主義者們為了軍需產業及獲得殖民地的野心而開始侵略。但是中國人民絕不允許他們這麼做，一定會將其擊退。

最惡劣的情形則是中國不惜動用核子武器。中國擁有足夠的核子武器和搬運手段，能夠攻擊美國。」

九月一日清晨五時

從獨立號航空母艦上出發的戰鬥攻擊隊，在清晨四時出現在深圳上空。以火箭彈對付越過國境，打算入侵九龍半島的中國人民解放軍第六軍。

同一時間，進入香港東北大亞灣的第三水陸兩用艦隊讓從琉球運來的第三海軍師團開始登陸。

來自琉球和岩國的海軍航空部隊F／A—18大黃蜂的編隊，以砲彈和火箭彈攻擊海軍隊的登陸海岸後方。

另一方面，從關島出發的F—15、F—16、F—111等一百一十架飛機，射擊逼近廣州的北京政府軍。

「總統，國務卿打電話來。」

是秘書官的聲音。柯林頓總統拿起自己辦公桌上的電話。

「我就是。」

「先前收到來自北京的史密斯大使的電報。中國政府對我國宣戰。」

柯林頓總統霎時摒氣凝神。

「宣戰？這不是他們的自殺行爲嗎？」

「也許他們認為一定可以戰勝我們吧。否則的話，正常人是不會這麼做的。」

「你確信嗎？到底是怎麼回事呀？」

「他們認爲如果戰局不利，就會動用核子武器。」

「笨蛋。這麼做的話，整個地球就會毀滅了。」

「是呀，現在中國的領導者們認為如果自己失敗，不惜把所有人類都一齊拉下去。」

「真是一群愚蠢的人。偵察衛星對於中國的核彈飛射基地，可確認百分之九十的位置，剩下百分之十的核彈，據說飛射度不良。」

「能夠到達美國本土的東風五號只有十座。其中七座的位置都可以估計出來，而其他的核彈則會以日本、琉球或關島、韓國爲目標。」

「這麼說來，只要破壞其發射基地就可以了。他們太過相信自己的力量了吧。認爲只要威嚇使用核子武器，美國就會罷手。」

柯林頓焦急地說著。

自天安門事件以來，美國民主黨左派一直支持中國的民主化運動。

絕對不允許中國鎮壓民主化運動，或是再走回毛澤東主義的極左路線。

美國政府對於中國在經濟發展的同時，致力於軍隊的近代化一直非常擔心。

難道他們已擁有全美國頭痛的強大軍事力量了嗎？到時會不會捲入以往美蘇之間的軍備擴張狀態中呢？

這就是美國擔心、害怕的一點。

鄧小平死亡後，趁著中國政治混亂期，使中國弱體化，在中國建立民主政權是國務院的方針。

依循這個方針，現在美國與中國將進行大規模的全面戰爭。

黎明時分，海上薄霧朦朧。有幾個難民坐在甲板上，把臉埋在膝間睡覺。

仁科從客房輕手輕腳地走出來，爬上後部甲板，他因為興奮和緊張而無法成眠。

他站在扶手處看著霧中的一切。貨船在海洋上行進，因為已來到外洋，所以晃動非常激烈。

美國和中國的戰爭終於開始了。緒戰是近代武器較優越的美國占優勢。柯林頓總統說要派三十個師團前往中國擔任第一陣的陸軍部隊，這些部隊當然會佔領中國沿岸都市。

問題是，接下來美軍不可能佔領廣大的中國領土。就像以前的中日戰爭一樣，戰爭會長期化。到時候不知該如何結束戰爭。

光靠軍事的力量無法解決，一定需要政治力。

重要的關鍵在於趙紫陽，只要他能得到中國國民的支持，就能孤立北京的新領導者們。

（一定要使趙紫陽先生平安無事地到達日本。）

一邊看著霧中的情景，仁科不禁這麼想著。

這時聽到鳴笛聲。迷霧中出現了灰色的艦影。

（是中國的警備艦耶！）

仁科嚇了一跳。

在迷霧中看到閃爍的發光信號。貨船的速度減緩，可能是對方命令停船。

必須帶著趙紫陽先生逃走才行。

他跑到前部甲板找尋船員，在船橋下發現一名日本船員。

「快放下救生艇。那是中國的警備艦，不能被抓住。」

「不要緊，那是美國的護衛艦。」

「什麼，我以爲是中國的警備艇呢！」

因為太過於驚慌，所以一聽是美國的護衛艦，突然感覺非常疲憊。

護衛艦距離左舷側太近，因此旋轉後在右舷側與船並行。

貨物船停止時，護衛艦上的人用傳聲筒詢問船名和目的地。這時仁科突然想起什麼似地跑上船橋叫著：

「船長，這艘船上載著中國前國家主席趙紫陽。為了安全起見，能不能將他移到你們的護衛艦上？」

「是趙紫陽？真的嗎？」

船長感到很懷疑地問道。

「是真的。我把他帶過去，你可以看一看他。」

仁科跑下船室。搖醒熟睡中的趙紫陽。

「趙先生，快起來，是美國的護衛艦。搭上護衛艦，讓他們用直昇機把你送到日本吧！只要有美軍的護衛，日本政府也不敢說話了。」

一小時後，仁科和趙紫陽登上了護衛艦。

護衛艦距離從香港開出的貨船越來越遠了。站在甲板上的二人看著消失在迷霧中的貨船。

「不久之後，我還會再回到故國。」

趙紫陽喃喃自語地說著。

「先生，今後的中國會變成什麼樣子呢？」

「仁科，你看中國的歷史。中國的歷史是動亂的歷史。中國的人民不會倒下去的。沒有比中國人民更堅強的國民了，立刻會站起來。相信可以建立一個民主開放的國家。」

仁科看著站在身旁的趙紫陽的側面，這時東升的旭日照在他的臉上，散發出光芒。

霧漸漸散開了。

後記

美國第三海軍師團與第二十五步兵師團所確保的大亞灣海岸與青島二處，於十月一日，有三十個美軍師團登陸。美軍藉著佔優勢的空軍壓制登陸地點，輕易地成功登陸。

在大亞灣登陸的第七軍團朝廣州前進，第十一軍團朝沿海部的海豐前進。在這一方面，確保廣東省是美國首要作戰目標。

在青島登陸的第一軍團佔領山東半島；第十四軍團朝濟南前進。

北京政府在這一階段並未強力抵抗，似乎希望將美軍引入內陸部，藉著游擊戰使其陷入苦戰中。

寫這份稿子的十二月上旬時，三十萬瀋陽軍逼近北京郊外二百公里處。北京政府遷到重慶，打算抵抗。

陸永定上校成爲重新編成的第四戰車軍的戰軍連隊連隊長，但在十月十二日戰死。

被判處死刑的邁爾茲・克龐德還關在北京郊外的監獄中。

趙紫陽於十月八日在紐約的聯合國總會上，發表請求國際社會支援的演講。因此聯合國決定派遣軍隊前往中國。

日本方面對於是否要派遣自衛隊加入聯合國軍隊一事，輿論分為二派。因為這個問題，二個內閣陸續下台，目前仍未做出決定。

趙紫陽現在已回到廣州，擔任民主中國救國戰線的議長。民主中國救國戰線於十一月九日發表承認議會制民主主義與複數政黨制的憲法草案。台灣政府表示歡迎這個憲法，至於台灣的歸屬問題也頗有進展。

但是，東北三省宣布獨立，並未加入民主中國救國戰線。

仁科辭去外交部的工作。改了個中國名字為仁倫賢，擔任趙紫陽的秘書。能完成本作品，是依賴他的幫忙。如果沒有他提供的資料，就沒有辦法完成本書。在此表示感謝之意。

包括美軍第二陣在內的二十個師團聯合國軍隊，預計於年末派遣到中國。相信到時候真正的中美決戰就開始了。書寫這段後記時，傳來美軍空軍部隊空襲中國核彈飛射基地的消息。

有大量難民由中國湧向日本，已經突破百萬人。據說還有數百萬人會到日本。為了負擔他們的日常所需，將會成為日本的經濟負擔。

希望戰爭能早日結束，在此擱筆。

檜山　良昭

大展出版社有限公司	圖書目錄

地址：台北市北投區11204
　　致遠一路二段12巷1號
郵撥： 0166955～1

電話：(02) 8236031
　　　　　8236033
傳眞：(02) 8272069

• 法律專欄連載 • 電腦編號 58

台大法學院 法律學系／策劃
　　　　　法律服務社／編著

①別讓您的權利睡著了[1]	200元
②別讓您的權利睡著了[2]	200元

• 秘傳占卜系列 • 電腦編號 14

①手相術	淺野八郎著	150元
②人相術	淺野八郎著	150元
③西洋占星術	淺野八郎著	150元
④中國神奇占卜	淺野八郎著	150元
⑤夢判斷	淺野八郎著	150元
⑥前世、來世占卜	淺野八郎著	150元
⑦法國式血型學	淺野八郎著	150元
⑧靈感、符咒學	淺野八郎著	150元
⑨紙牌占卜學	淺野八郎著	150元
⑩ＥＳＰ超能力占卜	淺野八郎著	150元
⑪猶太數的秘術	淺野八郎著	150元
⑫新心理測驗	淺野八郎著	160元
⑬塔羅牌預言秘法	淺野八郎著	200元

• 趣味心理講座 • 電腦編號 15

①性格測驗１	探索男與女	淺野八郎著	140元
②性格測驗２	透視人心奧秘	淺野八郎著	140元
③性格測驗３	發現陌生的自己	淺野八郎著	140元
④性格測驗４	發現你的真面目	淺野八郎著	140元
⑤性格測驗５	讓你們吃驚	淺野八郎著	140元
⑥性格測驗６	洞穿心理盲點	淺野八郎著	140元
⑦性格測驗７	探索對方心理	淺野八郎著	140元
⑧性格測驗８	由吃認識自己	淺野八郎著	140元

⑨性格測驗9	戀愛知多少	淺野八郎著	160元
⑩性格測驗10	由裝扮瞭解人心	淺野八郎著	160元
⑪性格測驗11	敲開內心玄機	淺野八郎著	140元
⑫性格測驗12	透視你的未來	淺野八郎著	140元
⑬血型與你的一生		淺野八郎著	160元
⑭趣味推理遊戲		淺野八郎著	160元
⑮行爲語言解析		淺野八郎著	160元

・婦 幼 天 地・電腦編號16

①八萬人減肥成果	黃靜香譯	180元
②三分鐘減肥體操	楊鴻儒譯	150元
③窈窕淑女美髮秘訣	柯素娥譯	130元
④使妳更迷人	成　玉譯	130元
⑤女性的更年期	官舒妍編譯	160元
⑥胎內育兒法	李玉瓊編譯	150元
⑦早產兒袋鼠式護理	唐岱蘭譯	200元
⑧初次懷孕與生產	婦幼天地編譯組	180元
⑨初次育兒12個月	婦幼天地編譯組	180元
⑩斷乳食與幼兒食	婦幼天地編譯組	180元
⑪培養幼兒能力與性向	婦幼天地編譯組	180元
⑫培養幼兒創造力的玩具與遊戲	婦幼天地編譯組	180元
⑬幼兒的症狀與疾病	婦幼天地編譯組	180元
⑭腿部苗條健美法	婦幼天地編譯組	180元
⑮女性腰痛別忽視	婦幼天地編譯組	150元
⑯舒展身心體操術	李玉瓊編譯	130元
⑰三分鐘臉部體操	趙薇妮著	160元
⑱生動的笑容表情術	趙薇妮著	160元
⑲心曠神怡減肥法	川津祐介著	130元
⑳內衣使妳更美麗	陳玄茹譯	130元
㉑瑜伽美姿美容	黃靜香編著	150元
㉒高雅女性裝扮學	陳珮玲譯	180元
㉓蠶糞肌膚美顏法	坂梨秀子著	160元
㉔認識妳的身體	李玉瓊譯	160元
㉕產後恢復苗條體態	居理安・芙萊喬著	200元
㉖正確護髮美容法	山崎伊久江著	180元
㉗安琪拉美姿養生學	安琪拉蘭斯博瑞著	180元
㉘女體性醫學剖析	增田豐著	220元
㉙懷孕與生產剖析	岡部綾子著	180元
㉚斷奶後的健康育兒	東城百合子著	220元
㉛引出孩子幹勁的責罵藝術	多湖輝著	170元

㉜培養孩子獨立的藝術	多湖輝著	170元
㉝子宮肌瘤與卵巢囊腫	陳秀琳編著	180元
㉞下半身減肥法	納他夏·史達賓著	180元
㉟女性自然美容法	吳雅菁編著	180元
㊱再也不發胖	池園悅太郎著	170元
㊲生男生女控制術	中垣勝裕著	220元
㊳使妳的肌膚更亮麗	楊　皓編著	170元
㊴臉部輪廓變美	芝崎義夫著	180元
㊵斑點、皺紋自己治療	高須克彌著	180元
㊶面皰自己治療	伊藤雄康著	180元
㊷隨心所欲瘦身冥想法	原久子著	180元
㊸胎兒革命	鈴木丈織著	180元
㊹NS磁氣平衡法塑造窈窕奇蹟	古屋和江著	180元

·青春天地·電腦編號17

①A血型與星座	柯素娥編譯	160元
②B血型與星座	柯素娥編譯	160元
③O血型與星座	柯素娥編譯	160元
④AB血型與星座	柯素娥編譯	120元
⑤青春期性教室	呂貴嵐編譯	130元
⑥事半功倍讀書法	王毅希編譯	150元
⑦難解數學破題	宋釗宜編譯	130元
⑧速算解題技巧	宋釗宜編譯	130元
⑨小論文寫作秘訣	林顯茂編譯	120元
⑪中學生野外遊戲	熊谷康編著	120元
⑫恐怖極短篇	柯素娥編譯	130元
⑬恐怖夜話	小毛驢編譯	130元
⑭恐怖幽默短篇	小毛驢編譯	120元
⑮黑色幽默短篇	小毛驢編譯	120元
⑯靈異怪談	小毛驢編譯	130元
⑰錯覺遊戲	小毛驢編譯	130元
⑱整人遊戲	小毛驢編著	150元
⑲有趣的超常識	柯素娥編譯	130元
⑳哦！原來如此	林慶旺編譯	130元
㉑趣味競賽100種	劉名揚編譯	120元
㉒數學謎題入門	宋釗宜編譯	150元
㉓數學謎題解析	宋釗宜編譯	150元
㉔透視男女心理	林慶旺編譯	120元
㉕少女情懷的自白	李桂蘭編譯	120元
㉖由兄弟姊妹看命運	李玉瓊編譯	130元

㉗趣味的科學魔術	林慶旺編譯	150元
㉘趣味的心理實驗室	李燕玲編譯	150元
㉙愛與性心理測驗	小毛驢編譯	130元
㉚刑案推理解謎	小毛驢編譯	130元
㉛偵探常識推理	小毛驢編譯	130元
㉜偵探常識解謎	小毛驢編譯	130元
㉝偵探推理遊戲	小毛驢編譯	130元
㉞趣味的超魔術	廖玉山編著	150元
㉟趣味的珍奇發明	柯素娥編著	150元
㊱登山用具與技巧	陳瑞菊編著	150元

•健康天地•電腦編號 18

①壓力的預防與治療	柯素娥編譯	130元
②超科學氣的魔力	柯素娥編譯	130元
③尿療法治病的神奇	中尾良一著	130元
④鐵證如山的尿療法奇蹟	廖玉山譯	120元
⑤一日斷食健康法	葉慈容編譯	150元
⑥胃部強健法	陳炳崑譯	120元
⑦癌症早期檢查法	廖松濤譯	160元
⑧老人痴呆症防止法	柯素娥編譯	130元
⑨松葉汁健康飲料	陳麗芬編譯	130元
⑩揉肚臍健康法	永井秋夫著	150元
⑪過勞死、猝死的預防	卓秀貞編譯	130元
⑫高血壓治療與飲食	藤山順豐著	150元
⑬老人看護指南	柯素娥編譯	150元
⑭美容外科淺談	楊啟宏著	150元
⑮美容外科新境界	楊啟宏著	150元
⑯鹽是天然的醫生	西英司郎著	140元
⑰年輕十歲不是夢	梁瑞麟譯	200元
⑱茶料理治百病	桑野和民著	180元
⑲綠茶治病寶典	桑野和民著	150元
⑳杜仲茶養顏減肥法	西田博著	150元
㉑蜂膠驚人療效	瀨長良三郎著	180元
㉒蜂膠治百病	瀨長良三郎著	180元
㉓醫藥與生活	鄭炳全著	180元
㉔鈣長生寶典	落合敏著	180元
㉕大蒜長生寶典	木下繁太郎著	160元
㉖居家自我健康檢查	石川恭三著	160元
㉗永恒的健康人生	李秀鈴譯	200元
㉘大豆卵磷脂長生寶典	劉雪卿譯	150元

㉙芳香療法	梁艾琳譯	160元
㉚醋長生寶典	柯素娥譯	180元
㉛從星座透視健康	席拉・吉蒂斯著	180元
㉜愉悅自在保健學	野本二士夫著	160元
㉝裸睡健康法	丸山淳士等著	160元
㉞糖尿病預防與治療	藤田順豐著	180元
㉟維他命長生寶典	菅原明子著	180元
㊱維他命C新效果	鐘文訓編	150元
㊲手、腳病理按摩	堤芳朗著	160元
㊳AIDS瞭解與預防	彼得塔歇爾著	180元
㊴甲殼質殼聚糖健康法	沈永嘉譯	160元
㊵神經痛預防與治療	木下眞男著	160元
㊶室內身體鍛鍊法	陳炳崑編著	160元
㊷吃出健康藥膳	劉大器編著	180元
㊸自我指壓術	蘇燕謀編著	160元
㊹紅蘿蔔汁斷食療法	李玉瓊編著	150元
㊺洗心術健康秘法	竺翠萍編譯	170元
㊻枇杷葉健康療法	柯素娥編譯	180元
㊼抗衰血癒	楊啟宏著	180元
㊽與癌搏鬥記	逸見政孝著	180元
㊾冬蟲夏草長生寶典	高橋義博著	170元
㊿痔瘡・大腸疾病先端療法	宮島伸宜著	180元
51膠布治癒頑固慢性病	加瀨建造著	180元
52芝麻神奇健康法	小林貞作著	170元
53香煙能防止癡呆？	高田明和著	180元
54穀菜食治癌療法	佐藤成志著	180元
55貼藥健康法	松原英多著	180元
56克服癌症調和道呼吸法	帶津良一著	180元
57Ｂ型肝炎預防與治療	野村喜重郎著	180元
58青春永駐養生導引術	早島正雄著	180元
59改變呼吸法創造健康	原久子著	180元
60荷爾蒙平衡養生秘訣	出村博著	180元
61水美肌健康法	井戶勝富著	170元
62認識食物掌握健康	廖梅珠編著	170元
63痛風劇痛消除法	鈴木吉彥著	180元
64酸莖菌驚人療效	上田明彥著	180元
65大豆卵磷脂治現代病	神津健一著	200元
66時辰療法——危險時刻凌晨４時	呂建強等著	180元
67自然治癒力提升法	帶津良一著	180元
68巧妙的氣保健法	藤平墨子著	180元
69治癒Ｃ型肝炎	熊田博光著	180元

⑦⓪肝臟病預防與治療	劉名揚編著	180元
⑦①腰痛平衡療法	荒井政信著	180元
⑦②根治多汗症、狐臭	稻葉益巳著	220元
⑦③40歲以後的骨質疏鬆症	沈永嘉譯	180元
⑦④認識中藥	松下一成著	180元
⑦⑤認識氣的科學	佐佐木茂美著	180元
⑦⑥我戰勝了癌症	安田伸著	180元
⑦⑦斑點是身心的危險信號	中野進著	180元
⑦⑧艾波拉病毒大震撼	玉川重德著	180元
⑦⑨重新還我黑髮	桑名隆一郎著	180元
⑧⓪身體節律與健康	林博史著	180元
⑧①生薑治萬病	石原結實著	180元

•實用女性學講座• 電腦編號 19

①解讀女性內心世界	島田一男著	150元
②塑造成熟的女性	島田一男著	150元
③女性整體裝扮學	黃靜香編著	180元
④女性應對禮儀	黃靜香編著	180元
⑤女性婚前必修	小野十傳著	200元
⑥徹底瞭解女人	田口二州著	180元
⑦拆穿女性謊言88招	島田一男著	200元
⑧解讀女人心	島田一男著	200元

•校 園 系 列• 電腦編號 20

①讀書集中術	多湖輝著	150元
②應考的訣竅	多湖輝著	150元
③輕鬆讀書贏得聯考	多湖輝著	150元
④讀書記憶秘訣	多湖輝著	150元
⑤視力恢復！超速讀術	江錦雲譯	180元
⑥讀書36計	黃柏松編著	180元
⑦驚人的速讀術	鐘文訓編著	170元
⑧學生課業輔導良方	多湖輝著	180元
⑨超速讀超記憶法	廖松濤編著	180元
⑩速算解題技巧	宋釗宜編著	200元
⑪看圖學英文	陳炳崑編著	200元

•實用心理學講座• 電腦編號 21

①拆穿欺騙伎倆	多湖輝著	140元

②創造好構想	多湖輝著	140元
③面對面心理術	多湖輝著	160元
④僞裝心理術	多湖輝著	140元
⑤透視人性弱點	多湖輝著	140元
⑥自我表現術	多湖輝著	180元
⑦不可思議的人性心理	多湖輝著	150元
⑧催眠術入門	多湖輝著	150元
⑨責罵部屬的藝術	多湖輝著	150元
⑩精神力	多湖輝著	150元
⑪厚黑說服術	多湖輝著	150元
⑫集中力	多湖輝著	150元
⑬構想力	多湖輝著	150元
⑭深層心理術	多湖輝著	160元
⑮深層語言術	多湖輝著	160元
⑯深層說服術	多湖輝著	180元
⑰掌握潛在心理	多湖輝著	160元
⑱洞悉心理陷阱	多湖輝著	180元
⑲解讀金錢心理	多湖輝著	180元
⑳拆穿語言圈套	多湖輝著	180元
㉑語言的內心玄機	多湖輝著	180元

・超現實心理講座・電腦編號 22

①超意識覺醒法	詹蔚芬編譯	130元
②護摩秘法與人生	劉名揚編譯	130元
③秘法！超級仙術入門	陸　明譯	150元
④給地球人的訊息	柯素娥編著	150元
⑤密教的神通力	劉名揚編著	130元
⑥神秘奇妙的世界	平川陽一著	180元
⑦地球文明的超革命	吳秋嬌譯	200元
⑧力量石的秘密	吳秋嬌譯	180元
⑨超能力的靈異世界	馬小莉譯	200元
⑩逃離地球毀滅的命運	吳秋嬌譯	200元
⑪宇宙與地球終結之謎	南山宏著	200元
⑫驚世奇功揭秘	傅起鳳著	200元
⑬啟發身心潛力心象訓練法	栗田昌裕著	180元
⑭仙道術遁甲法	高藤聰一郎著	220元
⑮神通力的秘密	中岡俊哉著	180元
⑯仙人成仙術	高藤聰一郎著	200元
⑰仙道符咒氣功法	高藤聰一郎著	220元
⑱仙道風水術尋龍法	高藤聰一郎著	200元

⑲仙道奇蹟超幻像	高藤聰一郎著	200元
⑳仙道鍊金術房中法	高藤聰一郎著	200元
㉑奇蹟超醫療治癒難病	深野一幸著	220元
㉒揭開月球的神秘力量	超科學研究會	180元
㉓西藏密教奧義	高藤聰一郎著	250元

・養 生 保 健・電腦編號 23

①醫療養生氣功	黃孝寬著	250元
②中國氣功圖譜	余功保著	230元
③少林醫療氣功精粹	井玉蘭著	250元
④龍形實用氣功	吳大才等著	220元
⑤魚戲增視強身氣功	宮　嬰著	220元
⑥嚴新氣功	前新培金著	250元
⑦道家玄牝氣功	張　章著	200元
⑧仙家秘傳袪病功	李遠國著	160元
⑨少林十大健身功	秦慶豐著	180元
⑩中國自控氣功	張明武著	250元
⑪醫療防癌氣功	黃孝寬著	250元
⑫醫療強身氣功	黃孝寬著	250元
⑬醫療點穴氣功	黃孝寬著	250元
⑭中國八卦如意功	趙維漢著	180元
⑮正宗馬禮堂養氣功	馬禮堂著	420元
⑯秘傳道家筋經內丹功	王慶餘著	280元
⑰三元開慧功	辛桂林著	250元
⑱防癌治癌新氣功	郭　林著	180元
⑲禪定與佛家氣功修煉	劉天君著	200元
⑳顚倒之術	梅自強著	360元
㉑簡明氣功辭典	吳家駿編	360元
㉒八卦三合功	張全亮著	230元
㉓朱砂掌健身養生功	楊　永著	250元
㉔抗老功	陳九鶴著	230元

・社會人智囊・電腦編號 24

①糾紛談判術	清水增三著	160元
②創造關鍵術	淺野八郎著	150元
③觀人術	淺野八郎著	180元
④應急詭辯術	廖英迪編著	160元
⑤天才家學習術	木原武一著	160元
⑥猫型狗式鑑人術	淺野八郎著	180元

⑦逆轉運掌握術	淺野八郎著	180元
⑧人際圓融術	澀谷昌三著	160元
⑨解讀人心術	淺野八郎著	180元
⑩與上司水乳交融術	秋元隆司著	180元
⑪男女心態定律	小田晉著	180元
⑫幽默說話術	林振輝編著	200元
⑬人能信賴幾分	淺野八郎著	180元
⑭我一定能成功	李玉瓊譯	180元
⑮獻給青年的嘉言	陳蒼杰譯	180元
⑯知人、知面、知其心	林振輝編著	180元
⑰塑造堅強的個性	坂上肇著	180元
⑱爲自己而活	佐藤綾子著	180元
⑲未來十年與愉快生活有約	船井幸雄著	180元
⑳超級銷售話術	杜秀卿譯	180元
㉑感性培育術	黃靜香編著	180元
㉒公司新鮮人的禮儀規範	蔡媛惠譯	180元
㉓傑出職員鍛鍊術	佐佐木正著	180元
㉔面談獲勝戰略	李芳黛譯	180元
㉕金玉良言撼人心	森純大著	180元
㉖男女幽默趣典	劉華亭編著	180元
㉗機智說話術	劉華亭編著	180元
㉘心理諮商室	柯素娥譯	180元
㉙如何在公司頭角崢嶸	佐佐木正著	180元
㉚機智應對術	李玉瓊編著	200元
㉛克服低潮良方	坂野雄二著	180元
㉜智慧型說話技巧	沈永嘉編著	元
㉝記憶力、集中力增進術	廖松濤編著	180元

•精 選 系 列• 電腦編號 25

①毛澤東與鄧小平	渡邊利夫等著	280元
②中國大崩裂	江戶介雄著	180元
③台灣・亞洲奇蹟	上村幸治著	220元
④7-ELEVEN高盈收策略	國友隆一著	180元
⑤台灣獨立	森　詠著	200元
⑥迷失中國的末路	江戶雄介著	220元
⑦2000年5月全世界毀滅	紫藤甲子男著	180元
⑧失去鄧小平的中國	小島朋之著	220元
⑨世界史爭議性異人傳	桐生操著	200元
⑩淨化心靈享人生	松濤弘道著	220元
⑪人生心情診斷	賴藤和寬著	220元

國家圖書館出版品預行編目資料

中美大決戰／檜山良昭著，劉小惠譯
──初版──臺北市，大展，民86
面；　公分──（精選系列；12）
譯自：大逆転！米・中決戦
ISBN 957-557-761-2（平裝）

861.57　　86011099

中美大決戰　　ISBN 957-557-761-2

原 著 者／檜 山 良 昭
編 譯 者／劉　小　惠
發 行 人／蔡　森　明
出 版 者／大展出版社有限公司
社　　址／台北市北投區（石牌）致遠一路二段12巷1號
電　　話／(02) 8236031・8236033
傳　　眞／(02) 8272069
郵政劃撥／0166955－1
登 記 證／局版臺業字第2171號
承 印 者／國順圖書印刷公司
裝　　訂／嶸興裝訂有限公司
排 版 者／千兵企業有限公司
電　　話／(02) 8812643
初版1刷／1997年（民86年）10月

定　　價／220元

大展好書 好書大展